JN441395

로봇 소년,
학교에 가다

FUZZY

First published in the English language in 2016
By Amulet Books an imprint of Harry N. Abrams, Incorporated, New York.
ORIGINAL ENGLISH TITLE: FUZZY

로봇 소년, 학교에 가다

톰 앵글버거 · 폴 델린저 지음 ◎ 김영란 옮김

미래인

로봇 소년, 학교에 가다

1판 1쇄 발행 2017년 1월 25일
1판 17쇄 발행 2025년 12월 30일

지은이 톰 앵글버거 · 폴 델린저
옮긴이 김영란
펴낸이 김민지

펴낸곳 미래M&B
등록 1993년 1월 8일(제10-772호)
주소 07207 서울시 영등포구 양평로 21가길 19, 비동 2층 210호
전화 02-562-1800(대표)
팩스 02-562-1885(대표)
전자우편 mirae@miraemnb.com
홈페이지 www.miraeinbooks.com
블로그 blog.naver.com/miraeibooks
인스타그램 @mirae_inbooks

ISBN 978-89-8394-811-3 (03840)

*잘못 만들어진 책은 구입처에서 바꾸어 드립니다.
*미래인은 미래M&B가 만든 청소년, 성인을 위한 브랜드입니다.

(인간) "로봇이 교향곡을 작곡할 수 있어?

로봇이 빈 캔버스를 아름다운 걸작으로 바꿀 수 있냐고?"

(로봇) "넌 할 수 있어?"

—영화 〈아이, 로봇〉에서

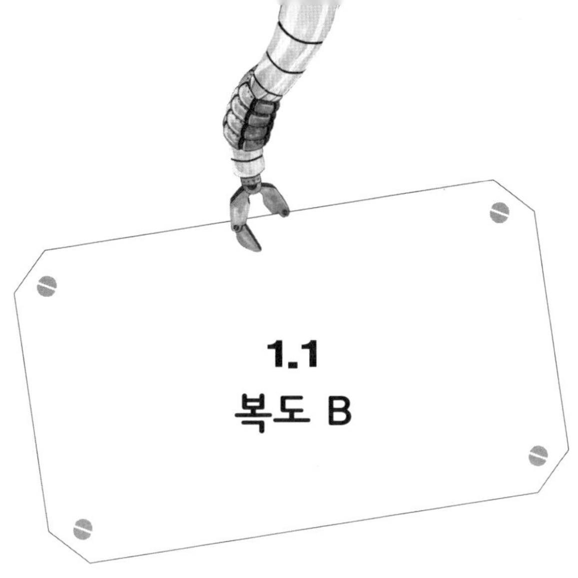

1.1 복도 B

"오, 맥신, 대박." 크리스티가 말했다. "또 로봇이야."

맥스는 짜증난다는 듯 한숨을 내쉬었다.

첫째, 맥스는 사람들이 자기를 '맥신'이라고 부르는 게 싫었다. 크리스티가 그걸 모를 리 없었다.

둘째, 맥스는 요즘 '대박'이나 '끝내주지, 친구'처럼 최소 50년은 된 것 같은 구닥다리 말에 넌더리가 났다. 크리스티는 그것도 알고 있었다.

하지만 무엇보다 맥스는 로봇을 사랑했다. 크리스티도 그 점을 누구보다 잘 알았다. 드디어 오늘이 바로 학교에서 로봇 통합 프로그램(Robot Integration Program; RIP)이 시작되는 날이다. 이 프로그램과 관련해 대대적인 광고가 줄을 이었고 심지어 몇몇 뉴스에서 소식을 다루기도 했다. 맥스와 크리스티가 다니는 뱅가드 중학교는 최초로 로봇을 학생으로 맞이한 학교다. 어쨌거나 이 결정은 대박 사건이 아닐 수 없었다. 적어도 맥스에겐 그랬다.

맥스는 수업이 시작하기 전, 새로운 로봇을 만날 수 있기를 기대하면서 복도를 걷고 있었다. 유감스럽게도 크리스티가 맥스의 보폭에 맞춰 따라오며 맥스를 열 받게 만들었다.

"심각해." 크리스티가 입을 열었다. "우리 학교엔 이미 로봇이 넘쳐나고 있다고. 경비원부터 급식 조리사, 도서관 사서까지 전부 로봇이잖아!"

"크리스티." 맥스가 말했다. "이건 그냥 로봇이 아니야. 이건 인공지능을 지닌 완벽한—"

이때 둘의 뒤를 따라온 잭 빅스가 끼어들었다.

"야, 그렇게 완벽한 애라면 뭐 하러 학교에 오겠냐?"

참다못한 맥스는 잭한테 으르렁거렸다. 크리스티의 조잘대는 소리만으로도 충분히 짜증이 나는데 빅스까지. 게다가 크리스티와는 아주 친하지만 빅스는 최대 앙숙이었다. 빅스는 항상 둘과 어울려 놀고 싶어 하면서도 막상 같이 있으면 끊임없이 괴롭혔다. 특히 맥스를. 그게 맥스를 열 받게 하는 이유였다.

"그러네." 맥스보다 빅스한테 관대한 크리스티가 맞장구쳤다. "엄청 똑똑한 로봇이라면 중1 수학 문제쯤이야 껌이겠지?"

"당연하지. 나 같은 천재들도 그러니까." 빅스가 대답했다.

그때 빅스의 단짝인 시메온이 다가오며 물었다.

"얘들아, 어디 가냐?"

"맥신은 지금 로봇 헌팅에 푹 빠졌어." 크리스티가 말했다.

"그게 남친을 만드는 최선의 기회니까." 빅스가 덧붙였다.

맥스는 속으로 생각했다. *왜 나야? 저 괴짜 셋은 왜 맨날 내 주변을 서성거리냐고?*

하지만 마음 한편에서는 한 가지 사실을 인정해야만 했다. 학교에서 이 셋보다 더 가깝게 느껴지는 친구는 한 명도 없다는 것을. 그리고 실은 그녀 역시 괴짜라는 것을.

잠시 후, 저 앞쪽에서 아이들이 술렁거렸다. 로봇이 나타난 게 틀림없었다. 맥스는 잽싸게 그쪽으로 달려갔다. 맥스는 친구들이 이 순간을 망치는 걸 보고 싶지 않았다. 구경꾼들이 길을 방해하지 못하도록 선수를 쳐야 했다. 물론, 다들 로봇을 보고 싶어 했지만 그 누구보다도 로봇을 보고 싶은 사람은 맥스였다. 맥스는 로봇을 보려고 몰려든 아이들 사이를 요리조리 비집고 나아갔다….

정말 저기 있다!

로봇이다!

로봇이 맥스를 향해 걸어오고 있었다.

생김새가 진짜 웃겼다. 뱅가드 중학교에서 키가 가장 작은 시메온보다 살짝 큰 키에 다섯 살짜리 꼬마들이나 입는 유치한 옷을 입고 있었다. 게다가 머리에는 짙은 색깔의 가발까지 썼다.

얼굴은 그야말로… 소름이 끼쳤다. 있어야 할 건 다 있는데 뭔가 이상했다. 옅은 파란색 눈동자는 전혀 깜박거리지 않았고, 눈썹은 그려놓은 것처럼 진했다. 입은 일자로 굳게 다물고 있었다. 코는 전체적으로 평평하고 끝만 뾰족했다.

아이들이 로봇을 보면서 깔깔대며 웃었다. 하지만 맥스는 생각에 잠겼다.

사람들이 겉모습을 저렇게 만든 걸 어쩌겠어? 로봇이 자기 외모까지 결정할 순 없잖아. 중요한 건 세상에서 가장 발전한 로봇이라는 거지. 그 로봇이 지금 여기 있어. 내가 이제부터—

그때, 갑자기 로봇이 넘어졌다.

맥스는 잽싸게 뒷걸음질 쳤다. 쿵! 하마터면 맥스의 발등 위로 로봇이 떨어질 뻔했다. 무게가 족히 1톤은 될 것이다. 만약 로봇이 발등 위에 떨어졌다면 뼈가 부러졌을지도 모른다!

로봇은 바닥에 누워 꼼짝도 하지 않았다. 미동도 없는 것이 마치 벽돌 같았다.

"잘한다, 맥스."

이 광경을 뒤에서 지켜본 빅스가 입을 열었다.

"벌써부터 망가뜨리다니."

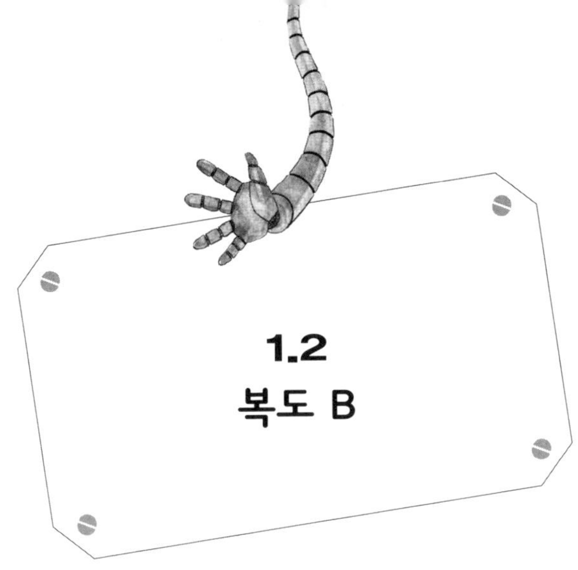

1.2 복도 B

로봇은 망가진 것 같았다. 마치 누군가가 버리고 간 커다란 인형처럼 널브러져 있었다. 맥스는 왠지 자기 잘못이라는 생각이 들었다.

여기서 더 나빠질 게 있겠어? 맥스는 생각했다.

그때 벽에 불이 들어왔다. 컴퓨터 그래픽으로 만든 바바라 교감의 얼굴이 모든 각도에서 학생들을 내려다보고 있었다.

바바라 교감은 학교의 슈퍼컴퓨터로 학교에서 돌아가는 모든 일을 관장하고 또 전자 눈으로 샅샅이 살핀다. 학생들과 의사소통을 해야 할 때는 할머니 모습, 그러니까 약간은 정상이 아닌 것 같은 할머니 아바타를 사용한다. 어쩔 때는 친절하게, 또 어쩔 때는 근엄하게, 때로는 무섭게 여러 모드로 확확 바뀐다.

지금은 빅스가 말하는 '심술쟁이 할머니 모드'였다. 거기다 시메온이 한 마디 덧붙였다. "그러니까, 네 말은 빅 브라더(조지 오웰의 소설 〈1984〉에 등장하는 용어로, 정보의 독점과 감시를 통해 사람들을 통제하는 권력:옮긴이)의 심술쟁이 할머니라는 거구나."

하지만 학교에서는 이 말을 입 밖에 내지 않았다. 바바라 교감의 귀에 들어갈지 모르기 때문이다.

"길을 막아서지 말고 복도의 안전을 유지하세요."

바바라 교감이 말했다. 아바타의 음성은 입 모양과 약간 맞지 않았다.

"복도를 막아서면 안 됩니다. 길을 비키세요."

"하지만, 로봇이 쓰러져 있다고요—" 맥스가 말했다.

"5초 안에 벌점이 부과됩니다. 교실로 이동하세요. 길을 막아서지 말고 복도의 안전을 유지하세요."

크리스티, 빅스, 시메온을 비롯한 다른 아이들은 즉시 교실로 향했다. 그러면서도 목을 길게 빼고 맥스와 쓰러져 있는 로봇을 뒤돌아봤다.

"하지만—" 맥스가 말했다.

"M. 젤라스터 학생에게 벌점이 부과되었습니다." 교감이 말했다.

벌써 5초가 지났다고? 맥스는 의심스러웠지만 큰 소리를 내지 않아야 한다는 것쯤은 알고 있었다. 그랬다간 분명히 벌점을 더 받을 테니까.

맥스는 쓰러져 있는 로봇을 내려다본 뒤 마지못해 자리를 떴다.

"만지지 마세요!"

목소리가 들려왔다. 어른 몇 명이 복도에서 뛰어오는 게 보였다. 로봇 기술팀이었다. 맥스는 기술팀에 물어보고 싶은 마음이 굴뚝 같았다.

"어떤 경우, 어떤 이유에서건 복도에서는 뛰면 안 됩니다!"

바바라 교감이 호통을 치면서 굉장히 엄격한 할머니 모드로 변했다.

"벌점이 학교 방문자 5번, 8번, 11번에게 부과되었습니다. 교칙 위반 사항은 고용주 로섬 테크놀로지스에 통보됩니다. 벌점이 M. 젤라스터 학생에게 하나 더 부과되었습니다. 복도에서 벗어나세요. 길을 막아서지 말고 복도의 안전을 유지하세요."

맥스는 벌점을 더 받기 전에 즉시 교실로 향했다. 이미 너무 많은 벌점을 받았다.

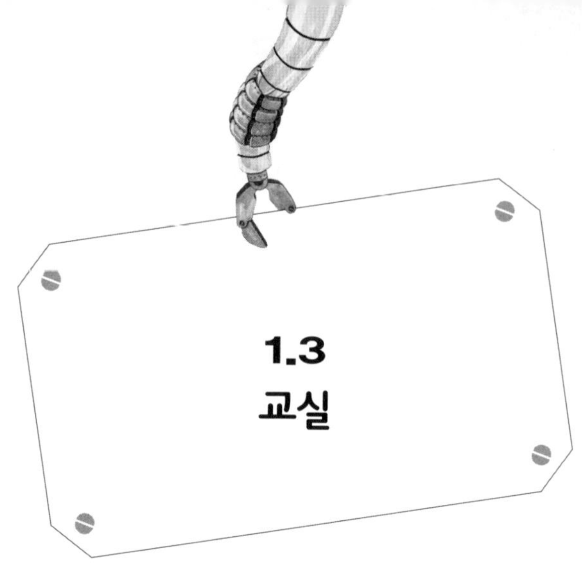

1.3
교실

"이런." 빅스가 말했다. "잘 가, 로봇 통합 프로그램. RIP는 사망했음. 부디 편히 잠들기를!"

알아들었어. 맥스는 생각했다. *벌써 50번이나 말했다고!*

"저 기술자들은 머리가 어떻게 된 모양이야." 시메온이 말했다.

"맞아. 우르르 달려들어 손대지 말라는 소리나 하고! 설마 네가 인공호흡이라도 할 거라고 생각했나?" 크리스티가 말했다.

"그러게 말이야." 빅스가 걸걸한 목소리로 맞장구쳤다.

다행히 맥스는 더 이상 아이들이 떠들어대는 걸 듣지 않아도 되었다. 스피커를 타고 말소리가 흘러나왔고 책상에 전원이 들어왔다. 과학 담당인 프렌치 담임선생님이 말했다.

"자, 주목! 오늘 아침 복도에서 큰 소란이 있었다는 거 안다. 그렇다고 평소랑 달라지는 건 없어. 이번 주 업그레이드 시험이 코앞으로 다가왔다. 로봇이 학교에 있건 없건 말이다. 과학 시간에는 시험공부를 하기 바란다."

어휴. 맥스는 업그레이드 시험공부는 정말로 하고 싶지 않았다. 하지만 어쩔 때는 그녀가 할 수 있는 유일한 일 같기도 했다. 매주 모든 과목의 시험이 치러지는데, 업그레이드 레벨이 절대 내려가지 않도록 하는 게 관건이다.

이 학교에서는 모든 것이 업그레이드에 맞추어져 있다. 그것은 '지속적인 업그레이드'라 불리는 새로운 연방교육위원회 프로그램의 일부이기도 하다.(학생들이 저마다 부르는 이름이 따로 있지만.)

지속적인 업그레이드 프로그램은 바바라 교감과 같은 '최첨단 기술'을 겸비한 '교육 혁명'으로 여겨졌다. 하지만 실제로는 굉장한 골칫거리가 되고 말았다. 최첨단 기술이 항상 학생들을 다그치는 데다 끊임없이 시험을 치르기 때문에 교실의 어느 누구도 즐겁지 않았다.

선생님들도 각자 #CUG(폐쇄 사용자 그룹의 약자로, 특정 단체의 정보 교류 및 의사 전달을 위한 서비스:옮긴이) 점수가 있어서 오로지 시험에만 신경을 썼다.

더 심각한 것은 학부모가 자녀들의 시험 성적에서부터 벌점까지 끊임없이 모든 최신 정보를 받아본다는 것이다. 시험을 망치거나 말썽을 부릴 경우 학부모는 바바라 교감을 통해 실시간으로 그 소식을 듣게 된다.

뱅가드 중학교에는 사람인 도르가스 교장선생님이 있지만, 다들 바바라 교감이 진짜 책임자라고 말한다. 그 말이 맞다. 바바라 교감은 그저 학교를 운영하는 존재가 아니라, 학교 그 자체다.

출입구, 카메라, 화면, 감지기에 이르기까지 모든 것이 바바라 소프트웨어를 운영하는 중앙 컴퓨터로 연결된다. 모든 경비원과 구내식당 로봇도 바바라 교감의 통제를 받으며, 게다가 학생들은 아직 한 번도 본 적이 없는 큐스크린 수리 로봇, 난방 배관 청소기, 쓰레기 처리기, 특수 기능을 수행하도록 고안된 금속 부품 대부분도 바바라 교감이 관리한다.

#CUG는 완벽한 학교를 만들기 위해 존재한다. 다시 말해 시험 성적이 우수하고 교칙 위반 건수가 적으며 운영 비용이 적게 드는 학교 말이다.

학교의 모든 부분은 계속해서 업그레이드되어야 한다. 학생, 교사, 학습 자료, 로봇, 복도의 통행 흐름, 출석, 체육 성적, 화장실에서 올바른 손 씻기 등등.

바바라 교감은 모든 것에 #CUG 점수를 부여하는데, 이 점수는 계속 올라가야 한다. 지속적인 업그레이드 점수에서는 말 그대로 점수가 지속적으로 업그레이드되는 것 외에는 아무것도 중요하지 않다.

모든 학생들의 #CUG 점수는 실시간으로 계산된다. 출석, 교칙 위반, 공동체의식 점수는 즉시 더해지거나 빼진다. 숙제는 컴퓨터가 재점하고 학생들의 #CUG 점수는 수업 시작 후 1분 안에 반영된다.

주 1회 생중계로 업그레이드 평가가 이루어진다. 그저 평범한 객관식 시험이지만 모든 학생들의 #CUG 점수에 즉각적이고 지대한 영향을 미친다. 그리고 선생님들의 점수에도.

이 시스템은 분명 효과가 있었다. 뱅가드 중학교는 모든 분야에서 목표를 초과 달성했다. 그중에서 학업 성적은 월등히 높았다. 플로리다 주에서 최고였다. 그리고 교칙 위반 건수는 현저히 적었다. 사실 거의 없다고 봐야 한다.

뱅가드 중학교에도 인간 교사와 교장선생님이 있지만 바바라 시스템은 경비를 더 줄이기 위해 교직원들을 대체할 방법을 계속해서 찾고 있다. 또한 바바라 시스템을 도입한 뱅가드 중학교와 비슷한 유형의 학교를 전국에 개교할 계획도 가지고 있다.

지속적인 업그레이드 시스템 하에서 학생들은 그야말로 지속적으로 업그레이드되어가고 있다… 바바라 교감의 데이터에 따르면 말이다.

1.4 맥스의 집

지속적인 업그레이드가 학교에서만 맥스한테 고통을 주는 건 아니었다. 맥스의 부모님은 컴퓨터 시스템과 바로바로 소통하는데, 맥스가 집에 돌아와 보면 정말 별것도 아닌 일에 늘 잔뜩 화가 나 있었다.

오늘도 예외는 아니었다.

맥스의 부모님인 돈과 카르멘 젤라스터는 맥스가 벌점을 2점 받았다는 문자 메시지를 받았다. 주간 업그레이드 시험에 대비해 공부를 해야 한다는 내용과 함께.

그래서 맥스는 부모님에게 로봇과 관련해 무슨 일이 있었는지 자초지종을 설명하려 했다. 하지만 상황만 더 악화될 뿐이었다. 엄마는 맥스가 로봇에 관심을 가지는 걸 탐탁지 않게 여기기 때문이다. 자동화 통신 시스템 때문에 일자리를 잃고 나서 엄마는 컴퓨터

반대자 즉, 로봇 반대자가 되었다. 맥스가 보기에 엄마는 모든 것을 반대하는 사람이 된 것 같았다. 그동안 엄마는 작은 동네 서점에서 고객을 위해 전자책을 다운로드하는 일을 해왔다. 로봇이 그 자리를 차지하기 전까지는 말이다.

"이해할 수가 없구나." 엄마가 말했다. "그냥 로봇을 뛰어넘어 교실로 가면 됐잖니. 그걸로 끝 아냐? 그럼 벌점도 안 받았을 거고."

"도저히 그 애를 거기 혼자 둘 수가 없었어요."

"그 애? 얘야, 로봇은 그 애가 될 수 없어."

맥스 엄마는 평정심을 유지하려고 무진 애를 쓰고 있었다.

"그냥 기계일 뿐이지. 사람들이 그것들을 사람처럼 대우하기 시작하면 우린 정말 끝장이야. 이유가 뭔지 아니? 잘 들어봐. 그것들은 우릴 사람으로 대하지 않거든. 그것들한테 우린 그저 또 다른 기계일 뿐이야. 로봇들이 일단 일을 맡게 되면—"

"나중에 다시 얘기할까?" 맥스 아빠가 슬그머니 말을 잘랐다.

"여보, 이건 중요한 문제라고요."

"나도 알아. 그런데 금요일이 시험이잖아. 맥스가 지난주처럼 성적이 엉망으로 나온다면… 음… #CUG 점수가 더 떨어지겠지. 그럼 정말로 곤란해질걸!"

"당연하지! 맥신, 너—" 맥스 엄마도 그 말에는 동의했다.

"그러니까 지금 맥스는 공부하러 가야 한다고." 아빠가 단호하게 말했다.

그런 아빠가 맥스는 내심 고마웠다. 맥스는 더 이상 엄마와 무슨 얘기를 어떻게 풀어가야 할지 알 수 없었다. 엄마는 맥스의 시험 점수에 유독 예민한 반응을 보였다. 맥스는 지난주에도 열심히 시험공부를 했다. 그전에도 소홀히 한 적은 없었다. 그래서 시험을 꽤나 잘 준비했다고 생각했는데, 왜 점수가 낮게 나왔는지 도저히 이해가 가지 않았다.

하지만 맥스가 이 얘기를 꺼내려 할 때마다 엄마는 화를 내며 말을 가로막았다.

"글쎄, 그 이유는 네가 더 잘 알 텐데!"

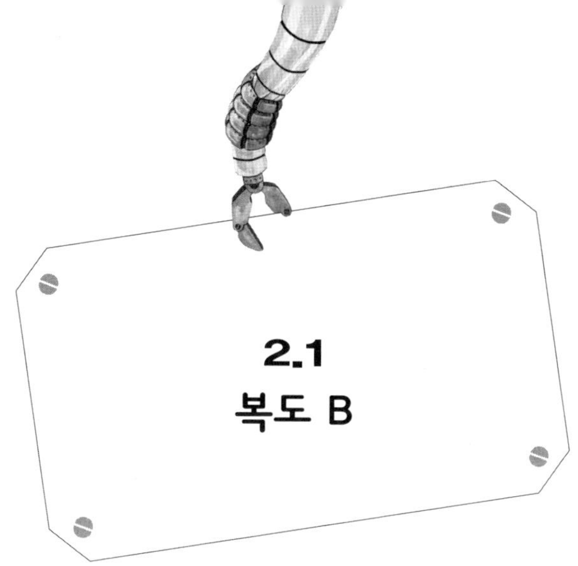

2.1
복도 B

다음 날 학교에 간 맥스는 로봇을 볼 수 있기를 바랐지만, 로봇은 간데없고 친구들과 마주쳤다.

“야, 맥스. 네 남자친구 어딨냐?” 빅스가 물었다.

“그 사람들이 로봇이랑 장비 다 챙겨서 떠났다고 하던데.” 시메온이 대놓고 이죽거렸다.

“어머나! 불쌍해라~ 그 녀석, 참 귀여웠는데.” 크리스티가 끼어들었다.

맥스는 아무 말도 하지 않았다. 시메온의 말이 사실일까 봐 걱정이 되었다. 하지만 시메온은 소문난 허풍쟁이로 근거 없는 거짓말을 잘도 꾸며댄다. 그래서 지금 한 말을 어떻게 받아들여야 할지 알 수가 없었다.

갑자기 어딘가에서 조그맣게 딩동 하고 소리가 들려왔고 다들 얼어붙었다. 교실 앞쪽의 커다란 칠판에 도르가스 교장선생님의 얼굴이 나타났다. 모두 안도했다. 만약 중요한 전달 사항이라면 바바라 교감의 얼굴이 나타났을 테니까.

"맥신 젤라스터, 교장실로 오기 바란다."

교장선생님의 말에 주위의 아이들이 일제히 고개를 돌려 맥스를 쳐다봤다.

"분위기가 심상치 않은데?" 크리스티가 평소답지 않게 미간을 찡그리며 말했다. "어떡할래?"

"아무것도 안 할 거야!"

그러고 나서 맥스는 담임선생님에게 하소연하듯 말했다.

"프렌치 선생님, 이건 불공평해요. 전 잘못된 행동을 하지 않았어요."

"아무도 그렇게 말한 사람은 없다." 프렌치 선생님이 말했다. "하지만 교장선생님 말씀을 무시하면 안 되지. 업그레이드 시험공부 시간에 늦지 않도록 서둘러 다녀오는 게 좋겠구나."

맥스는 서둘렀다. 뛰지 않고 낼 수 있는 최대한의 속도로 걸었다. 벌점을 또 받고 싶지는 않으니까.

교장실에 다다랐을 때 벽에서 듀라폼(유연성과 내구성이 좋은 스펀지의 일종:옮긴이)으로 된 기다란 팔이 튀어나와 맥스를 가로막았다. 맥스는 이전에도 똑같은 경험을 해봐서 알았다. 만약 그 팔을 돌아서 가거나 머리를 숙이고 아래로 지나가려고 하면 듀라폼 끈

이 맥스를 둘러싸서 꼼짝 못하게 할 터였다.

벽에 불이 들어오더니 바바라 교감의 얼굴이 나타났다. 굳은 표정이었지만 화가 난 것 같지는 않았다.

"교칙 위반 벌점이 M. 젤라스터 학생에게 부과되었습니다. 지금 이 시간에 여기를 지나가도 된다고 허락받지 않았을 텐데."

"하지만, 바바라 교감선생님. 저는 교장실로 오라는 지시를 받았어요."

"그런 기록은 없어."

바바라 교감의 화면 속 표정이 약간 신경질적으로 변했다.

"넌 지금 이 시간에 여기를 지나가도 된다고 허락받지 않았어."

터치스크린에 키패드가 나타났다.

"1번을 눌러서 복도의 통행 절차를 확인하기 바란다. 그런 다음 2번을 눌러서—"

그때 도르가스 교장선생님이 눈앞에 나타났다. 맥스는 아래로 몸을 수그려서 거기를 빠져나가려고 했다.

"거기 있었구나. 젤라스터! 이리 오너라."

"갈 수가 없는데요. 바바라 교감선생님이 저를 놔주지 않아요."

"아이쿠, 입력한다는 걸 깜빡했네. 바바라, 재설정하겠어요. 코드 7."

도르가스 교장선생님이 대수롭지 않다는 듯 말하자, 쉭 소리를 내며 팔이 벽 속으로 사라졌다.

교장선생님은 언제나처럼 기분이 좋지 않아 보였다.

"너도 알다시피," 교장선생님이 말했다. "네가 그렇게나 많이 교칙 위반 벌점을 받지 않았다면 바바라 교감도 널 감시하진 않았을 거다."

맥스는 오히려 바바라 교감이 그렇게나 많이 성가신 규칙을 세워놓지 않았다면 자기도 벌점을 덜 받았을 거라는 사실을 콕 집어서 말해주고 싶었다. 하지만 그래봤자 벌점만 하나 더 추가될 뿐이니 그럴 필요까지는 없었다.

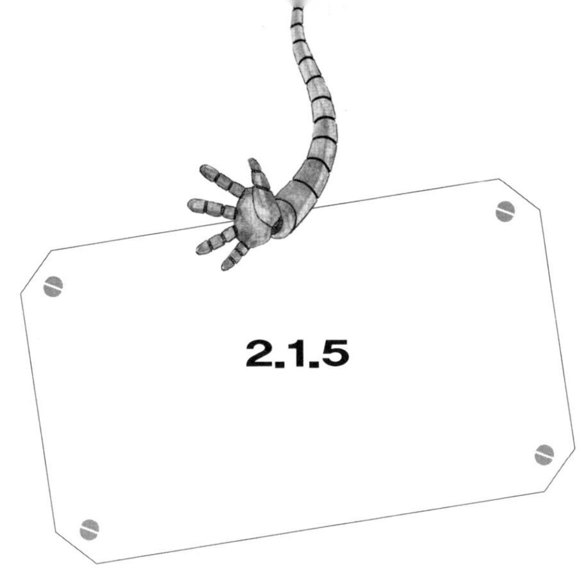

그사이 바바라 교감은 어쨌든 맥스의 기록에 교칙 위반 벌점을 하나 더 추가했다. 도르가스 교장에 대한 자신의 자체 기록에도 벌점을 1점 추가했다. 바바라 교감은 어떤 식으로든 자신의 규칙에 이의를 제기하는 사람들을 철저하게 물고 늘어졌다.

2.2 로봇 통합 프로그램 본부

도르가스 교장선생님은 음악회나 연극 공연을 위해 마련된 소강당으로 맥스를 데려갔다. 하지만 뱅가드 중학교는 음악과 연극 수업을 없앴기 때문에 한 번도 사용한 적이 없었다.

벽에 작은 글씨로 이렇게 적혀 있었다.

로봇 통합 프로그램 본사. 로섬 테크놀로지스 관계자 외 출입금지

교장선생님이 버튼을 누르자 쉬익 하고 문이 열렸다.

맥스의 눈에는 그곳이 지상낙원처럼 보였다. 컴퓨터, 비디오 스크린, 전선, 예비 부품들로 가득 차 있었는데, 그 한가운데에 로봇이 놓여 있었다.

아, 다행이다! 싶었지만 맥스는 이내 로봇이 탁자에 기댄 채 움직이지 않는다는 걸 눈치챘다. 맥스의 머릿속에 두 번째 생각이 스

치고 지나갔다. *저런, 아직도 고장 난 상태네. 어쩌면 빅스 말이 맞을지도 몰라. 내가 정말로 망가뜨렸을 수도.*

"존스 박사님, 박사님이 말씀하신 그 학생입니다."

교장선생님이 존스 박사 쪽으로 맥스를 살짝 밀었다. 그러고는 돌아서서 문밖으로 나갔다.

방에 있던 모든 사람, 그러니까 일곱 명의 기술자, 네 명의 보안 요원, 그리고 특이하게 생긴 헬멧을 쓴 두 명이 고개를 돌려 맥스를 쳐다봤다.

그중 한 명이 맥스를 향해 걸어왔다.

"아… 맥신? 네가 맥신이니?"

"그냥 맥스라고 불러주세요."

남자가 헬멧을 벗고 자기소개를 했다.

"난 존스 박사야. 프로젝트 매니저란다."

그는 머리가 약간 벗어진 호리호리한 백인 남성으로 안경을 끼고 있었다.

"그리고 이쪽은 니나 중령."

존스 박사가 헬멧을 쓴 다른 한 명을 가리켰다.

중령이라고? 맥스는 움찔했다. 중령이 왜 여기 있는 거지? 저번에 로봇을 건드리지 말라고 소리쳤던 그 군인인가?

하지만 그녀가 헬멧을 벗자 상냥해 보이는 얼굴이 나타났다. 서른 살쯤 된 흑인 여성이었는데 친근하면서도 사람의 마음을 편하게 해주는 미소를 띠고 있었다. 군인보다는 수더분한 동네 아줌마처럼 보였다.

그녀가 또 한 번 기분 좋게 웃자 맥스의 입가에도 자연스레 미소가 지어졌다.

"안녕, 맥스. 존스 박사가 중령이라고 소개했지만, 그냥 니나라고 불러도 돼."

"안녕하세요, 니나 중령님. 만나서 반가—"

맥스의 말을 끊고 존스 박사가 끼어들더니 기술자들을 가리키며 말했다.

"자, 이쪽은 내 팀…."

기술자들은 대부분 20대 정도의 나이로 아주 똑똑해 보였다. 모두가 맥스한테 다가와 인사를 건넸다.

"자, 자, 이제 업무로 돌아갑시다. 마감 시간이 아주 빠듯해요. 게다가 어제 아침에 있었던 문제도 아직 정확히 잡히지 않았잖아요."

박사의 말에 기술자들이 큐스크린으로 슬금슬금 돌아갔다.

맥스의 귀가 빨개졌다.

"어제 아침이라면… 일부러 그런 건 아니에요—"

"아, 그래. 우리도 알고 있단다." 니나 중령이 대답했다.

"로봇은 괜찮나요? 혹시 제가 고장 낸 건가요?"

"고장 냈냐고?"

니나 중령이 피식 웃었다.

"맥스, 퍼지는 불도저로 넘어트려도 고장 나지 않는단다."

"퍼지요?"

맥스는 그 말을 들으니 약간 안심이 되면서도 혼란스러웠다.

그때 어딘가에서 목소리가 들려왔다.

"나는 퍼지야. 안녕, 대상 321."

맥스는 로봇을 쳐다봤지만 거기서 나는 소리는 아닌 것 같았다. 로봇은 전원이 꺼진 상태로 여전히 탁자에 기댄 채 꼼짝 않고 있었기 때문이다.

"아, 이게 어제 그 로봇인가요?"

맥스는 누구한테 물어야 할지 몰라 허공에 대고 물었다.

"그래."

다시 한 번 그 목소리가 들려왔다.

맥스는 바로 옆에 머리가 하나 더 있는 걸 발견했다. 사람 얼굴이라고 하기엔 좀 이상했는데, 이내 가발이 벗겨진 상태라는 걸 깨달았다.

"아, 어디서 소리가 나오는 거죠?"

니나 중령이 웃음을 터뜨렸다.

"오, 방금 퍼지의 목소리는 저기 큐스크린에서 나온 거란다. 다시 작동되면 몸에 달린 머리에서 목소리가 나올 거야. 저기 다른 하나는 예비용이고."

"예비용 머리요?"

"퍼지의 생명 개념에 익숙해지는 데는 시간이 좀 걸릴 거야. 보통 로봇과 전혀 다르지만 그렇다고 살아 있는 인간도 아니니까."

"그런데, 이름이 퍼지라고요?"

"그래. 내 이름은 퍼지야."

목소리가 또 들려왔다.

"왜 로봇을 퍼지라고 부르는 거죠?"

"마음에 드니?" 니나 중령이 웃으며 말했다. "내가 붙여준 이름이야. 진짜 이름은—"

"기밀 사항입니다!" 존스 박사가 불쑥 끼어들었다.

니나 중령이 눈동자를 굴렸다.

"기밀 사항이라고요? 왜 그게 기밀이죠?" 맥스가 물었다.

"아! 글쎄. 그 이유도 기밀 사항이야." 니나 중령이 대답했다.

맥스는 이전에는 느껴보지 못한 혼란스러운 느낌이 들었다.

"기본적으로 정부는 더 똑똑한 로봇을 원해. 그래서 우리가 존스 박사 팀을 고용해서 퍼지를 만들었지."

니나 중령이 설명한 뒤 맥스 쪽으로 몸을 기울이고 큰 소리로 속삭였다.

"저 사람들은 민간인이야."

"맥스한테 왜 퍼지라고 이름 붙였는지 말하는 건 아니겠죠?" 존스 박사가 말했다.

"당신이 끼어들어서 말하지 못했잖아요!" 니나 중령이 토라진 척했다.

그런 두 사람을 보니 맥스는 할머니, 할아버지가 떠올랐다. 두 사람은 너무 오래 함께 일하다 보니 마치 오래된 부부 같았다.

니나 중령이 말을 이었다.

"어쨌든… 퍼지 논리(불분명한 상태, 모호한 상태를 참 혹은 거짓의 이진 논리에서 벗어난 다치성으로 표현하는 논리 개념:옮긴이)를 사용하게 고안됐기 때문에 이름이 퍼지가 된 거야. 퍼지 논리에 대해 들어본 적 있니?"

"아, 네. 2 더하기 2가 항상 4가 되는 건 아니라는 논리죠?"

"어느 정도는 그렇지. 기본적으로 대부분의 로봇과 컴퓨터는 계산하거나 분석하도록 고안됐어. 실제로 사람처럼 생각을 하는 건 아니고. 하지만 우린 스스로 생각하는 로봇을 만들려고 노력 중이야. 퍼지는 혼자서 2 더하기 2가 뭔지 스스로 생각해내야만 해."

"투투." 퍼지가 말했다.

맥스는 웃음을 터트렸다.

"농담이에요? 농담도 할 줄 알아요?"

"아직 확실하진 않아." 니나 중령이 말했다. "우리도 계속 알아가는 중이란다. 이제 퍼지한테 직접 편하게 말을 걸어보렴."

"퍼지는 지금까지 개발된 로봇 중에서 가장 발전된 형태야." 존스 박사가 말했다. "최첨단 음성 인식 및 언어 프로세서에다 너 같은 학생들과 대화할 수 있도록 요즘 아이들이 쓰는 속어와 은어도 깔아뒀어. 네가 정확히 말하면 퍼지는 거의 다 알아들을 거야."

"안녕, 퍼지?"

맥스는 여전히 어디를 보고 말해야 할지 모른 채로 말을 걸었다.

"안녕, 대상 321." 퍼지가 대답했다.

"아. 대상 321은 널 의미하는 것 같아." 니나 중령이 설명했다.

"네? 내가 대상이에요? 이것도 농담인가요?"

"아니. 농담은 아니란다. 중요하지 않은 프로그램 몇 가지를 꺼뒀거든. 이름 데이터베이스가 그중 하나인가 봐."

"맞아. 퍼지, 지금 복구 모드로 들어가도록." 존스 박사가 성긴 머리칼을 쓸어 넘기며 말을 이었다. "우린 어제 약간 문제가 있었어. 아마 너도 퍼지 옆에서 봤을 거야."

"아, 이런… 혹시 저 때문인가요?"

맥스는 다시 걱정이 몰려왔다.

"아니, 아니. 그렇지 않아." 니나 중령이 즉시 맥스를 안심시켰다. "너 때문이 아니야. 우린 정확히 무슨 일이 일어났는지 알고 있단다. 그러니까 어느 정도는. 녹화된 화면에서 널 봤어. 이 헬멧을 통해 퍼지가 뭘 보고 뭘 하는지 알 수 있거든. 왜 쓰러졌는지는 계속 원인을 알아내고 있는 중이란다."

"너도 한번 써볼래?" 존스 박사가 물었다.

맥스는 잘못 들은 건 아닌지 귀를 의심했다. 하지만 써보지 못할 이유도 없을 것 같았다. 게다가 그 헬멧은 장난감처럼 보였다! 헬멧은 가상현실 장치인 네뷸론버트X였다. 어마어마한 고가의 제품으로, 맥스는 인터넷에서 읽어만 봤을 뿐 직접 본 적은 없었다.

"정말 써보고 싶어요! 그런데 왜 저죠?"

"나도 잘 모르겠구나." 존스 박사가 말했다. "하지만 퍼지가 널 찾아서 도움을 요청해달라고 했단다."

"제 도움요? 네, 물론이죠. 정말 돕고 싶어요… 그런데 제가 뭘 할 수 있죠?"

"글쎄." 니나 중령이 말했다. "다른 사람을 이해하려면 그 사람 입장이 되어야 한다는 말을 들어본 적이 있니?"

"음, 들어본 것 같아요."

"좋아. 자, 이제 퍼지의 기술을 실제로 경험해볼까?"

니나 중령이 조심스럽게 헬멧을 맥스의 머리에 씌웠다. 헬멧은 맥스의 어깨까지 내려왔다.

"아, 캄캄해서 아무것도 안 보여요."

"아직 작동 전이야." 존스 박사가 말했다. "좋아. 퍼지, 83번부터 재생해봐."

2.3 로봇 통합 프로그램 본부

눈앞에 펼쳐진 광경에 맥스는 넋이 나갔다. 눈앞에서 숫자와 단어가 사방으로 떠다녔다. 마치 구글이 미친 듯이 날뛰는 3D 영상 같았다.

잠시 후, 맥스는 자기가 무엇을 보고 있는지 알아챘다. 그것은 전에 복도에서 아이들이 서로 밀치고 야단법석이 났던 상황을 입체로 보여주는 3D 화면이었다. 모든 아이들의 머리 위에는 각각의 숫자가 떠 있었다. 맥스는 아이들 사이를 지그재그로 지나가며 화면에 자기 모습이 꽉 차도록 클로즈업되는 걸 봤다.

머리 위에서 소리가 들려왔다.

복도.대상.321

속도.34.2,0,22.43

얼굴.인식: 처리 중…

그사이 단어들이 영화 크레디트처럼 재빠르게 넘어갔다.

대상.회피(320) 처리 중…

경로.검색(a*) 처리 중…

우측.다리(전진,속도:10.87543)

대상.회피(321) 처리 중…

기록.데이터.대상.321

경로.검색(a*) 처리 중…

우측.다리(후진,속도:6.987654)

대조.검사() 널 포인터 리턴

화면이 다시 캄캄해졌다.

맥스는 헬멧을 벗었다.

“이게 퍼지가 본 것인가요? 이러니 고장이 나죠.”

존스 박사와 니나 중령이 맥스를 뚫어지게 쳐다봤다.

“정확히 말하자면,” 존스 박사가 말했다. “네 도움이 필요한 이유란다.”

“나는 새로운 복도 탐색 프로그램이 필요해.”

기계음 같은 목소리가 퍼지의 몸이 아닌 다른 곳에서 들려왔다.

“글쎄요. 저는 프로그래밍은 조금밖에 모르는데… 닉스++하고 넥스트란이 전부예요."

"아, 그 점은 걱정 마." 니나 중령이 말했다. "퍼지는 스스로 다시 프로그래밍할 수 있단다."

"분명히," 존스 박사가 말했다. "A지점에서 B지점까지 경로를 따라가도록 프로그래밍하는 건 어렵지 않아. 하지만 학생들이 가득 쏟아져 나온 복도를 탐색하는 건 훨씬 복잡하지. 퍼지는 사전에 프로그래밍해둘 필요가 없어. 스스로 문제를 해결하고 개선하기 위해 계속 프로그래밍을 업데이트하거든."

"맞아." 니나 중령이 말했다. "그렇게 해서 결국 퍼지는 복도를 통과하는 방법을 배우겠지. 아이들이 정신없이 복도를 가득 메우고 있을 때에도 말이야. 하지만 지금은 퍼지가 계속 넘어지기 때문에 내보낼 수가 없어."

"더군다나," 존스 박사가 덧붙였다. "마감 시간이 빠듯해. 더 중요한 일을 해야 하거든."

"그래. 우린 더 중요한 일이 있어서." 니나 중령이 말했다. "퍼지는 수업을 하고 다른 학생들을 만나야 해. 그러려면 퍼지한테 복도를 파악하는 법을 빨리 알려줄 누군가가 필요하단다. 우린 비디오를 판독하면서 알았어. 네가 그 일에 적임자라는 걸."

"굉장했어, 대상 321." 퍼지가 말했다. "네가 아이들 속을 누비며 나아가는 걸 봤는데, 아무하고도 부딪히지 않았어. 너라면 어떻게 복도를 탐색해야 할지 알 거야. 그래서 네 도움을 받고 싶어."

맥스는 복도에서 살아남는 자기만의 기술이라는 게 다른 아이들에 비해 특별한 게 없다고 생각했지만 곧이곧대로 도움이 안 될 거라고 말하긴 싫었다. 정말로 퍼지를 돕고 싶었기 때문이다.

“제가 도와줘도 또 넘어지면 어쩌죠? 그러다 퍼지를 망가트리게 되면요?”

존스 박사가 미소를 지었다.

“퍼지는 잘 살아남도록 고안됐단다. 심지어 다른 행성처럼 힘든 환경에 데려다놔도 살아남을 거야. 우린 퍼지를 사막 두 군데, 정글, 그리고 산맥도 걸어서 통과하게 해봤는걸. 그러니까 너 때문에 퍼지가 다치는 일은 없을 거야. 퍼지가 사소한 것들을 처리할 수 있게 도와주렴. 만약 큰일이 생겨도 걱정 마. 우리가 일거수일투족을 모니터링하고 있고, 그럴 경우 바로 달려갈 테니까.”

“도와줄 수 있어, 대상 321?” 퍼지가 물었다.

“응. 물론이야. 해볼게. 하지만 부탁인데 맥스라고 불러주겠니?”

“1초만 기다려, 대상 321.”

정적이 흘렀다. 1초는 훌쩍 넘었다. 맥스가 발을 구르자 다시 작동되었다. 퍼지가 가까이 다가와 악수를 청했다. 맥스도 손을 내밀어 악수를 했다. 생각한 것보다 손이 차갑지 않았다.

“고마워, 맥스.”

맥스는 미소를 지었다.

“먼저 너한테 가르쳐줄 게 있어. 악수는 나이 든 사람들이나 하는 거야.”

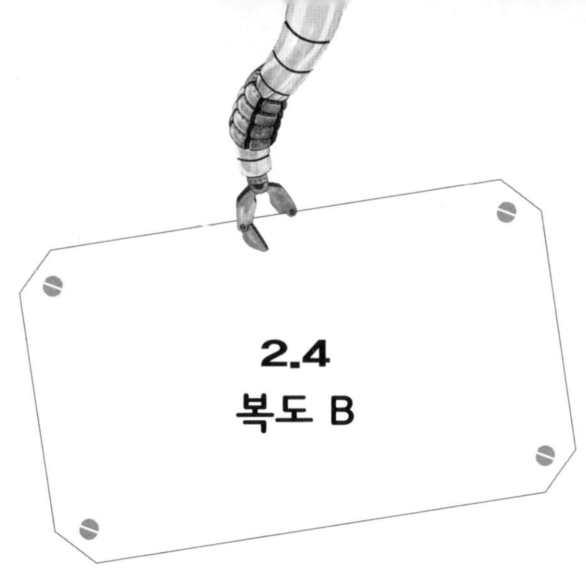

2.4 복도 B

“복도를 걸을 때 너는 어떤 규칙을 활용하니?” 퍼지가 물었다.

“규칙이라? 음….”

퍼지와 존스 박사, 니나 중령 모두가 맥스를 쳐다봤다. 맥스는 복도를 걸을 때 뛰거나 넘어지지 않는 것 외에 특별한 규칙이 있는지 생각해봤지만 아무 생각도 안 났다. 그때 퍼지가 부딪혔을 때 어떻게 얼굴 인식 작업을 수행하는지를 기억해냈다.

“우선, 모든 사람의 얼굴을 인식하려고 하지 마. 날 믿어봐. 그냥 흐릿한 형체로 인식해.”

“알겠어, 맥스. 얼굴 인식 소프트웨어를 꺼볼게. 그래도 네 얼굴은 인식해야 하니까 특별 부분 프로그램을 만들어야겠어.”

“와우, 고마워. 나를 위한 특별 부분 프로그램이라니! 너랑 친구가 된다는 말처럼 들리는걸.”

맥스는 진심으로 기뻤다.

(존스 박사와 니나 중령은 퍼지한테 그건 구체적인 과업을 수행하기 위해 활성화시켰다가 끌 수 있는 소소한 프로그램일 뿐이며, 그런 부분 프로그램은 수도 없이 많다는 사실을 말하지 않기로 했다.)

"좋았어." 맥스가 말했다. "규칙이 생각났어. 벽에 붙어서 걷지 않을 것. 식수대에 걸려 방해받을 수 있으니까."

"식수대의 상표를 알고 있니?"

"아, 뭐라고? 아니. 왜 알아야 하지?"

"치수를 다운로드해서 **벽 회피()** 부분 프로그램에 저장해두려고."

"아, 그런 건 중요하지 않아. 너도 알겠지만, 너무 복잡하게 만들 필요는 없어. 네가 나랑 함께 수업을 들으러 갈 경우 그냥 날 따라오기만 해. 그리고 내가 하는 걸 봐."

"대단한걸." 니나 중령이 말했다. "바로 우리가 원하는 거야. 다음 수업에 들어가는 건 어때? 퍼지도 같이 가면 좋을 텐데. 우린 5미터 정도 떨어져서 뒤에 있을게."

그때 벨이 울렸다.

"아, 음…" 맥스가 말했다. "저 지금 빨리 가봐야 해요. 퍼지, 준비됐어?"

존스 박사는 아직 결정을 하지 못한 것 같았다.

"그러니까, 우리는… 음…."

그때 퍼지가 대답했다.

"준비됐어, 맥스."

둘은 바로 출발했다.

"잊지 마. 만일의 사태에 대비해 우리가 지켜보고 있다는 걸. 퍼지~ 조심해!"

니나 중령이 소리쳤다.

아, 이게 무슨 꼴이람. 맥스는 생각했다. *불쌍한 퍼지. 니나 중령은 꼭 무슨 유치원생 엄마 같잖아.*

2.5
복도 B

퍼지는 각별히 주의하면서 시키는 대로 세팅을 조정했다.

다들 1교시 수업 교실을 찾느라 복도로 쏟아져 나왔다. 얼마 전 그날만큼이나 정신이 없었다.

"내가 길을 터줄 테니까 바짝 붙어서 따라와." 맥스가 말했다.

하지만 퍼지는 맥스가 완벽하게 길을 터주지는 못한다는 걸 알아차렸다. 수시로 아이들이 앞을 가로막아서 맥스는 친구들을 헤치고 앞으로 나아갔다. 퍼지는 나중에 시뮬레이션을 할 수 있게 모든 데이터를 기록했다.

맥스가 갑자기 멈춰 서자, 퍼지도 즉시 멈췄다. 퍼지는 그 누구보다도 반응 속도가 빨랐다. 무엇 때문에 맥스가 멈춰 섰는지 보려고 퍼지는 몸을 살짝 옆으로 내밀었다.

키가 큰 남자가 서 있었다. 대상 429.

"맥스! 네 바로 뒤에 로봇이 있어!" 남자 대상이 말했다.

"맞아. 내 뒤에 있어." 맥스가 대상 429와 같은 어투로 대답했다.

퍼지는 맥스가 이런 만남을 불편해하는 걸 감지했다. 아마 다른 아이들의 시선을 받기 때문일 것이다.

"빅스, 나중에 소개시켜줄게. 지금은 수업 들으러 가야 해서."

맥스는 대상 429를 지나쳐서 계속 걸어갔다. 퍼지도 똑같이 따라 했다.

"기다려! 무슨 일 있는 거야? 맥스!"

빅스가 큰 소리로 외치며 맥스의 뒤를 쫓아왔다.

"야! 지금 행진하니?"

맥스가 멈춰 서며 말했다.

퍼지도 즉시 멈췄지만 빅스는 그러지 못하고 퍼지와 부딪쳤다. 퍼지와 부딪힐 것 같아 맥스는 몸을 움츠렸다. 하지만 퍼지는 여러 번 제자리걸음을 한 후 꼿꼿이 섰다.

"와우! 정말 멋진데! 내가 한번 밀어봐도 돼?" 빅스가 말했다.

"좋아, 대상 429. 나의 균형 능력을 시험해봐도 된다."

"안 돼!"

맥스가 둘 사이에 끼어들었다. 맥스는 존스 박사와 니나 중령이 근처에 있나 해서 뒤를 돌아봤다. 두 사람의 모습이 보였다.

니나 중령이 맥스 옆으로 조용히 다가와 속삭였다.

"괜찮아. 퍼지가 다른 학생들과 상호작용하게 둬도 돼. 퍼지는 괜찮을 거야."

"아무렴요. 유치원생 엄마를 위해 그렇게 해야죠."

맥스는 청력이 뛰어난 퍼지가 알아들을 정도로만 조그맣게 말했다. 하지만 뒤돌아서서 빅스에겐 큰 소리로 말했다.

"좋아, 빅스. 꼭 그렇게 바보처럼 굴어야 한다면 어디 한번 해봐."

빅스가 힘껏 퍼지를 밀쳤다. 하지만 이번에도 퍼지는 꿈쩍도 하지 않았다. 퍼지는 넘어지지 않으려고 빅스 쪽으로 무게를 정확하게 실었다.

"와우!"

손가락을 우두둑 꺾으며 빅스가 소리 질렀다.

그때 귀에 거슬리는 낮은 여자 목소리가 들려왔다.

"위협 행동 확인."

아니나 다를까, 바바라 교감의 아바타가 바로 옆의 벽 화면에 나타났다. 이번에는 더 엄격한 모드였다.

"왜 바바라 교감은 너처럼 사람 목소리같이 들리지 않는 거지?"

맥스는 퍼지한테 속삭였다.

"저는 로봇을 해치려 하지 않았어요! 분명히 저보고 밀어도 된다고 했어요! 저 애도 그러라고 했고요!"

빅스가 화면에다 대고 변명을 늘어놓았다.

"뱅가드 중학교에서는 위협적인 행동과 신체 접촉이 있을 시 무관용의 정책을 적용하는 걸 잊었나? 다시 확인하고 싶으면 화면에서 리뷰 버튼을 눌러보도록."

"아뇨. 괜찮습니다." 빅스가 중얼거렸다.

"교칙 위반 벌점이 J. 빅스에게 부과되었습니다…."

퍼지는 맥스가 고소하다는 듯 실실 웃는 모습을 보고 인간의 표현에 대해 연구한 데이터에서 그 표정을 감지했다.

바바라 교감의 아바타가 계속해서 말했다.

"M. 젤라스터, 그리고 F. 로봇."

"하지만 저흰…."

맥스가 말을 시작하려 할 때 마침 벨이 울렸다.

맥스는 주변을 둘러봤다.

"오, 안 돼! 복도에 우리만 남았어."

"지각 벌점이 J. 빅스, M. 젤라스터, F. 로봇에게 부과되었습니다. 업그레이드 30초 전."

"하지만—" 맥스와 빅스가 동시에 말했다.

"그냥 교실로 들어가는 게 나을걸." 니나 중령이 다가와서 말했다. "문제를 만들지 말라고 했을 텐데."

결국 그들은 잠자코 복도를 걸어갔다. 빅스는 바바라 교감에게 몹시 화가 났고, 맥스는 바바라 교감과 빅스한테 화가 났다. 퍼지는 넘어지지 않으려고 애쓰고 있었다.

그들은 교실 문을 열었다. 문이 드르르 열리자 이미 업그레이드 시험공부를 시작한 프렌치 선생님이 돌아봤다.

"새로운 로봇과 함께 왔구나." 선생님이 말했다.

"네. 이쪽은 퍼지예요. 퍼지, 이쪽은 프렌치 선생님이셔."

"안녕하세요, 프렌치 선생님." 퍼지가 말했다.

맥스는 퍼지가 선생님에게 악수를 청하거나 대상이라고 하지 않아서 기뻤다. 퍼지는 분명 얼굴 인식 프로그램을 다시 켰을 것이다. 사람 사이에 섞이는 법을 벌써 배우고 있는 것이다.

"글쎄. 음. 안녕, 퍼지."

맥스는 기껏해야 학생들보다 열다섯 살 정도밖에 많지 않은 프렌치 선생님이 불편해하는 게 느껴졌다. 친절한 목소리였지만 스트레스를 받은 표정이었다.

"앞으로 수업을 하면서 너에 대해 차차 알아가도록 하자꾸나. 지금은 내일 시험에 대비해 공부를 하려던 참이야. 앉아주겠니?"

"제가 앉기를 바라시나요?"

"그럼. 책상에 앉으렴."

프렌치 선생님은 퍼지가 통로 쪽 빈자리에 앉을 때까지 기다렸다. 그런 뒤 조용히 하라는 신호로 박수를 한 번 쳤다.

"자, 이제 큐스크린으로 돌아가보자. 랄프, 질문을 읽어주겠니?"

"왜소 행성을 포함해서 태양에서 가까이 있는 순서대로 모든 행성을 나열하시오."

정확한 답을 알고 있다는 듯 랄프가 목에 힘을 주며 읽었다.

"네가 말해보겠니, 랄프?" 프렌치 선생님이 물었다.

"수성, 금성, 지구, 화성, 목성, 토성, 천왕성, 해왕성, 그리고 왜소 행성인 명왕성입니다."

"아니. 틀렸어." 퍼지가 끼어들었다.

이런. 퍼지는 너무 많은 걸 알고 있어. 맥스는 퍼지한테 쉬 조용히 하라는 신호를 보냈다.

"퍼지! 넌 선생님이 아니잖아! 앉아 있어!"

"괜찮아, 맥스." 프렌치 선생님이 말했다. "퍼지, 랄프가 올바른 순서대로 나열한 게 맞다."

"바로 지금, 명왕성의 궤도가 해왕성보다 태양에 더 가까이 다가갔어요." 퍼지가 내답했다.

"우리가 이걸 시험에서 꼭 알아야 해요?" 크리스티가 물었다.

크리스티는 시험에 나오지 않는 것은 절대로 배우지 않는 게 삶의 모토였다.

"흠. 그것 참 흥미롭구나. 시험 마치고 다시 공부해보면 아주 재미있겠다."

"그럼, 시험에선 몰라도 된다는 말인가요?" 크리스티가 물었다.

"아니, 알아야지. 하지만 내일 시험에선 랄프가 말한 대로 써내면 돼. 퍼지, 미안하구나."

"올바른 답을 배워야 하는 거 아닌가요?" 맥스가 물었다.

"다음 기회에 그렇게 하자꾸나."

프렌치 선생님은 그렇게 말하고 교실 맞은편에 앉은 남학생에게 고개를 돌렸다.

"노아, 다음 질문을 읽어보렴."

"그렇지만 틀린 대답을 배우는 건 바보 같은 짓 아닌가요?"

"맥스, 부탁인데 그 주제는 다음에 다시 다루면 안 될까? 우린 지금 나머지 부분도 공부해야 하잖니. 노아, 계속하렴."

맥스와 퍼지는 수업 내내 입을 다물고 앉아 있었다. 맥스는 얼굴을 찌푸리고 있었지만 퍼지는 무표정했다. 맥스는 퍼지가 무슨 생각을 하는지 궁금했다.

2.6.5

그사이, 모든 교실에 카메라 렌즈를 장착한 바바라 교감은 수업 분위기를 산만하게 했다는 이유로 맥스와 퍼지한테 교칙 위반 벌점을 부과했고, 업그레이드 시험의 중요성에 의문을 품었다는 이유로 공동체의식 점수를 몇 점 깎았다.

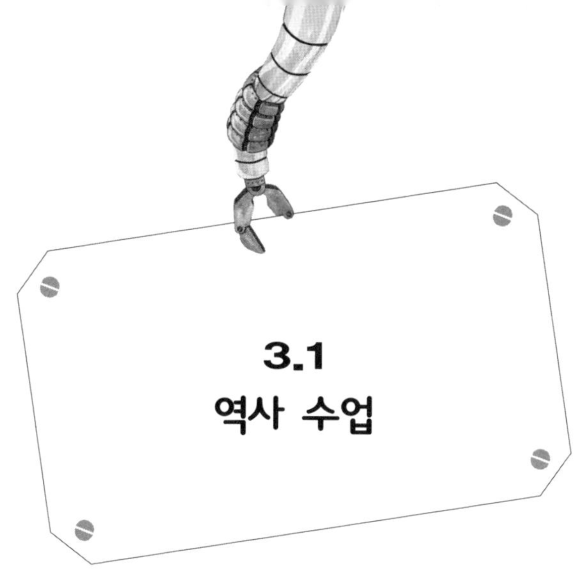

3.1 역사 수업

"걱정 마, 퍼지." 복도를 걸어가며 맥스가 말했다. "수 선생님 수업은 훨씬 괜찮으니까."

"맞아." 맥스와 퍼지 사이에 슬쩍 끼어 따라오며 시메온이 말했다. "수 선생님은 정말 시원시원하신 분이야. 로봇 학생을 보면 완전 끝내준다고 하실걸!"

맥스는 한숨이 절로 나왔다. 크리스티처럼 구닥다리 말을 잘 쓰는 시메온이 자꾸 따라오는 게 짜증났다.

맥스도 알고 있었다. 다른 아이들이 퍼지를 좋아해준다면 그것만으로도 기뻐해야 한다는 걸. 그게 로봇 통합 프로그램의 핵심이니까. 하지만 지금은 같이 어울려 다니는 게 거슬렸다. 정작 맥스는 퍼지와 단둘이 대화를 나눌 기회가 거의 없었다. 맥스는 궁금한 게 너무 많았다.

어쨌든 지금은 얘기할 좋은 타이밍이 아니었다. 수 선생님 수업은 복도 D의 강의실에서 있기 때문에 수업 종이 울리기 전에 도착하려면 시간이 빠듯했다. 바바라 교감에게 교칙 위반 벌점을 또 받을 수도 있었다.

짐작한 대로 수 선생님은 퍼지를 굉장히 반갑게 맞아주었다.

"모두들 나만큼이나 퍼지에 대해 알고 싶은 게 많을 것 같은데, 퍼지! 질문에 답해줄 수 있겠니?"

아이들이 모두 자리에 앉자 수 선생님이 물었다.

"네, 괜찮습니다." 퍼지가 대답했다.

여기저기서 아이들이 손을 들었지만 수 선생님은 자신이 맨 먼저 질문을 하고 싶다고 했다.

"몇 살이니?"

"제 현재 소프트웨어인 퍼지9는 22일 되었습니다. 하지만, 중앙 프로세서는 483일 전부터 온라인에 연결되어 있기 때문에 이전 행동과 훈련을 모두 알고 있습니다."

"어디 보자. 483을 365로 나누면… 한 살 반 정도 됐겠네!"

"맞아요."

"그렇구나. 다음 질문?"

아이들이 너도나도 손을 들었다.

"시메온, 질문해봐."

"넌 건전지를 쓰니? 아니면 다른 걸로 움직이니?"

"건전지를 써. 내 무게의 45퍼센트는 건전지야. 배와 골반, 그리고 허벅지에 들어 있어."

퍼지는 아이들이 자기를 보고 웃는데도 아랑곳하지 않고 엉덩이를 가리키며 말했다.

"건전지는 얼마나 오래가?" 크리스티가 물었다.

크리스티는 로봇에 별로 관심 없을 텐데. 맥스는 웃음이 나왔다.

"평균 55.3시간. 사막이나 다른 행성에 있을 경우에 대비해 태양열 전지판이 부착되어 있어."

맥스는 아이들이 쏟아내는 바보 같은 질문들을 듣고도 크게 놀라지 않았다.

"화장실은 가니?" 빅스가 물었다.

"그래. 내 몸에는 프로세서의 온도를 조절해주는 냉각 장치가 내장되어 있어. 기체를 응결시키거나 작은 물방울들을 만들어내지. 가는 튜브에 물이 모이면 가끔씩 비워내야 해. 그럴 때 화장실은 아주 유용한 장소가 되지."

여기저기서 키득거렸다. 수 선생님이 책상을 가볍게 두드리자 다시 조용해졌다.

"문자도 보낼 수 있니?" 제니가 물었다. 자기 일만 생각하느라 평소엔 세상 돌아가는 일에 관심이 없는 아이였다.

"그래."

"나한테도 보내줄 수 있어?"

퍼지는 잠자코 있었다. 제니가 스마트 팔찌를 들이대는 걸 보고 맥스는 그게 퍼지를 골려주려는 말이란 걸 알아챘다. 그런데 제니의 스마트 팔찌에서 문자 메시지가 흘러 나왔다.

"와우! 어떻게 내 번호를 알았지?"

"네 노트에서 이름을 봤어."

실제로 제니의 노트 앞장에 작은 글씨로 '제니 터링'이라고 쓰여 있었다.

맥스는 깨달았다. *퍼지는 카메라처럼 사물을 클로즈업할 수 있구나. 헉, 퍼지의 눈은 카메라였어!*

"그리고" 퍼지가 이어서 설명했다. "나는 주요 휴대전화 회사 데이터베이스에 접속해 57명의 제니 터링을 찾았어. 이 지역에는 단 한 명이 있었어."

"하지만 그 데이터는 비공개 아닌가?" 맥스가 물었다.

"음, 원시적인 형태의 암호 보호 프로그램으로 되어 있어서 해독했지."

그때 교실 한쪽의 커다란 벽면에 불이 들어오더니 바바라 교감의 아바타 얼굴이 등장했다.

"문자 메시지 전송 장치의 사용은 금지되어 있습니다. 교칙 위반 벌점이 F. 로봇과 J. 터링에게 부과되었습니다."

제니가 화를 내며 수 선생님에게 따지고 들었다.

수 선생님이 제니를 향해 가볍게 고개를 끄덕인 뒤 입을 열었다.

"바바라 교감선생님, 이 벌점을 무효화해야 한다고 생각합니다. 문자 메시지는 시범 설명 중 일부였습니다."

바바라 교감이 거슬리는 목소리로 말했다.

“이 시범 설명을 위해 당신이 학교 지침을 어기겠다고 요청한 기록은 없습니다.”

“네, 아직 하지 않았습니다. 바바라 교감선생님, 지금 만약에—”

“학생들에게 문자 메시지 전송을 허용하는 것이 당신 교수법의 하나라고 기록해두겠습니다. 그것이 곧 있을 업그레이드 시험인 식민지 시대 미국 역사를 공부하는 데 어떤 도움이 될지는 모르겠지만요. 오늘 일은 당신의 지속적인 업그레이드 점수에도 반영됩니다.”

바바라 교감의 아바타 얼굴이 사라졌다.

수 선생님의 얼굴이 벌겋게 달아올랐다. 바바라 교감의 아바타 얼굴에 뭐든 집어 던지고 싶은 표정이었다. 하지만 이전 경험으로 보아 바바라 교감은 계속 주시하고 있으며 수 선생님이 자신의 지시에 아무 반응도 하지 않으면 #CUG 점수를 더 깎아 내릴 터였다.

수 선생님이 무거운 한숨을 내쉬었다.

“퍼지, 우리 질문에 답해줘서 고맙구나. 네가 교실에 함께 있는 건 우리 모두에게 소중한 경험이 될 거라고 확신한다. 하지만, 지금은 오늘 해야 할 시험공부로 다시 돌아가는 게 좋겠지. 자, 1700년대 농사법에 대해 알아볼까?”

3.2
구내식당

역사 수업이 끝나자 아이들은 구내식당으로 향했다. 퍼지는 어제 나타났던 문제가 말끔히 사라지고 안정적으로 걸을 수 있었다. 다른 인간 아이들과 다를 바 없어 보였다.

퍼지가 자기 친구라도 되는 것처럼 크리스티가 평상시 말투로 떠들어댔다.

"수 선생님 얼굴 봤어? 버긴 빅 타임."

"버긴… 빅… 타임? 퍼지는 우리가 노르웨이어라도 하는 줄 알겠다." 빅스가 말했다.

"사실 나는 노르웨이어와 크리스티가 사용하는 은어를 모두 알아들을 수 있어. '버긴 빅 타임'은 20세기 말에 유행했던 두 단어의 조합이야. '버긴'은 감정을 조절하지 못한다는 뜻이고 '빅 타임'은 아주 많이 그렇다는 뜻이야."

"우아! 고마워, 퍼지!"

크리스티가 친한 친구라도 된 것처럼 퍼지한테 팔을 둘렀다.

"보기보다 끝내준다! 말이 나와서 말인데, 점심 먹으면서 널 그려볼 거야."

"영화 속 로봇처럼 괴물하고 싸우고 있는 모습으로 그려봐." 빅스가 제안했다.

"퍼지 대 고질라!" 시메온도 신이 나서 소리쳤다.

맥스는 짜증이 치밀어 올랐다. 일단 저 애들이 자리에 앉아 점심을 먹어야 퍼지랑 제대로 된 얘기를 할 텐데.

그런데 구내식당에 들어서자 퍼지의 행동이 굼떠졌다. 퍼지는 맥스를 따라 테이블로 왔지만 가까스로 자리에 앉았다. 아이들의 질문에도 아무 대답이 없었고 거의 움직이지 않았다.

"장담하는데 퍼지 건전지가 다 된 거야." 빅스가 말했다.

"말 같지도 않은 소리 하고 있네. 충전 안 해도 55.3시간은 끄떡없다고." 퍼지에 대해 다 알고 있다는 투로 시메온이 말했다.

시메온의 잘난 체하는 말투에 맥스는 돌아버릴 지경이었다.

"퍼지, 포즈 좀 취해봐, 짜샤." 스케치북을 들고 있던 크리스티가 말했다.

하지만 퍼지는 말없이 앉아만 있었다.

그때 존스 박사와 기술자 몇 명이 전동 카트를 타고 나타났다.

맥스는 어찌할 줄을 몰랐다. 뭔가 잘못된 것일까?

"죄송해요, 존스 박사님! 퍼지가 왜 이러는지 모르겠어요."

"네 탓이 아니다, 맥스. 이것도 예상했어야 했는데, 학교 구내식당이 이렇게 정신없는 곳이란 걸 깜빡했어."

"정신이 없다고요? 지루해 죽겠는걸요." 크리스티가 말했다.

"너한테는 지루하겠지만, 난 지금 머릿속이 온통 멍하단다. 한꺼번에 200명이 말하고 있는 거잖아. 한번 봐봐…."

존스 박사가 책 크기의 큐스크린을 내밀고 LCD 화면에 컴퓨터 코드가 수도 없이 지나가는 걸 보여주었다.

"257명." 존스 박사가 말했다.

화면 속 코드는 마치 아이들이 떠들어대는 것처럼 보였다. 하지만 맥스는 지금 무엇을 찾아야 하는지 알고 있었다.

대화기록(스트림(254))

대화기록(스트림(255))

대화기록(스트림(256))

대화기록(스트림(257))

"아하!" 맥스가 소리쳤다. "퍼지는 구내식당에서 동시다발로 진행되는 모든 사람의 대화를 알아들으려고 하는 거야."

"퍼지를 연구실로 데려가 재부팅시켜야 할 것 같구나. 다시 여기 왔을 때 음성 인식 프로그램을 끄거나 한 번에 한 명의 목소리만 듣도록 하는 방법을 고안해야겠어." 존스 박사가 말했다.

기술자들이 퍼지를 전동 카트에 실었다.

“맥스, 내일도 우릴 도와줄 수 있겠니?” 존스 박사가 말했다.

“네? 제가요? 제가 또 퍼지를 먹통이 되게 했는데….”

“아니야. 네가 그런 게 절대 아니란다. 넌 아주 잘 해냈어. 내일도 꼭 네 도움을 받고 싶구나.”

존스 박사의 다독임에 맥스는 마음이 편해졌다.

“알겠어요!”

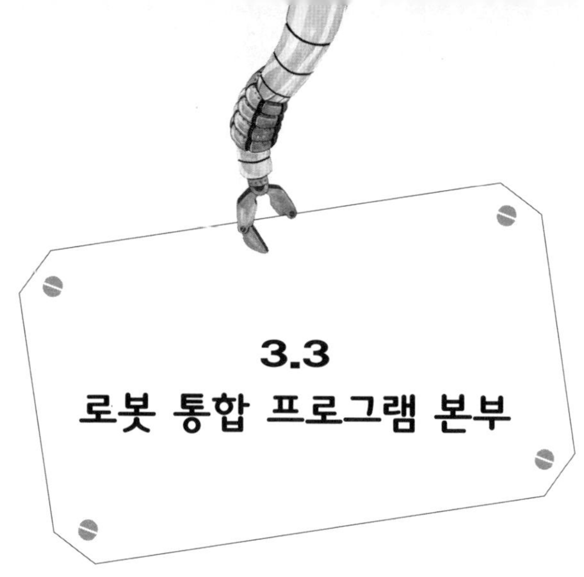

3.3 로봇 통합 프로그램 본부

다음 날은 아주 순조롭게 진행되었다.

퍼지는 맥스의 오전 수업을 함께 들었고, 구내식당에 갔을 때는 음성 인식 부분 프로그램을 꺼두었다. 맥스와 아이들이 각자 스마트 팔찌에다가 퍼지한테 하고 싶은 말을 입력해두면 퍼지는 그걸 읽고 제대로 답할 수 있었다. 물론 "고질라를 죽일 수 있니?" 같은 질문에는 정상적으로 답하기가 어려웠다.

점심식사 후 맥스는 퍼지를 데리고 체육관으로 향했다. 그런데 퍼지를 어떻게 해야 할지 난감했다. 여자 탈의실에 데리고 가자니 마음에 걸렸지만 굳이 그러지 못할 이유도 없는 것 같았다. 퍼지는 여자도 남자도 아닌, 그냥 로봇일 뿐이니까. 하지만 자기가 옷 갈아입는 걸 퍼지가 본다면 어떨까 상상하자 갑자기 정신이 번쩍 났다. 여자 탈의실에 절대로 데려가서는 안 되겠다는 생각이 들었다.

체육관으로 향하는 복도 앞에서 맥스는 걸음을 멈췄다.

"음, 퍼지. 존스 박사님께 가서 체육 시간엔 어떻게 해야 하는지 물어보고 와. 널 탈의실에 데리고 들어갈 수가 없거든."

"왜 안 되는데? 네 속옷을 볼까 봐 걱정되는 거야?"

맥스의 얼굴이 살짝 붉어졌고 귀는 새빨개졌다. 속옷은 또 어떻게 아는 거지? 농담도 할 줄 아나?

맥스가 대답을 생각하기도 전에, 퍼지가 존스 박사에게 문자 메시지를 보냈고 바로 답장을 받았다. 존스 박사는 안전상의 이유로 퍼지는 체육 수업에 들어갈 수 없다면서 맥스한테 퍼지를 기술실로 데려다달라고 했다.

맥스는 스마트 팔찌로 시간을 확인했다. 퍼지를 데려다주고 제 시간에 체육관으로 돌아오려면 정말로 서둘러야 했다. 그렇다고 퍼지를 내버려두고 갈 수도 없는 노릇이었다.

"어서 와, 퍼지. 서둘러야 해."

맥스는 복도에서 어슬렁거리는 아이들을 요리조리 피해 속도를 내기 시작했다. 퍼지도 아무 문제 없이 쫓아갔다. 아이들을 일일이 보지 않고 그저 무리로 파악하는 방법을 확실히 익힌 것이다.

기술 연구소에 도착하자 맥스는 퍼지한테 잘 있으라고 인사하고 곧장 체육관으로 돌아가려 했다. 하지만 존스 박사와 니나 중령은 얘기를 더 하고 싶어 했다.

"퍼지가 만들고 있는 프로세스에 우린 정말로 놀라고 있어."

"그거 아니? 퍼지가 오늘 8천 줄의 새로운 코드를 작성했단다."

"정말 잘됐네요."

맥스는 바로 돌아가야 한다는 생각에 안달이 났다.

"그래." 존스 박사가 설명했다. "그래서 퍼지를 데리고 와달라고 한 거란다. 오늘 퍼지의 개시 일정을 들었는데 완전 활성화 시점이 당겨졌어. 생각했던 것보다 시간이 많이 없어. 그래서 지금은 퍼지가 계속 배워나가도록 할 수 있는 모든 걸 해야 해."

"방과 후에 퍼지랑 더 시간을 보내줄 수 있겠니?" 니나 중령이 물었다.

"나머지 공부 같은 걸 말씀하시는 건가요?"

"아니, 학교를 벗어나줬으면 해."

"설마 데이트를 하라는 건 아니죠?"

맥스는 숨이 턱 막혔다. 크리스티는 물론 빅스까지 다들 로봇 남자친구가 생겼다고 놀려댈 게 뻔하기 때문이다.

"음, 아니." 존스 박사가 말했다. "가령 집에 데려가서 저녁식사를 하는 건 어때? 같이 버스를 타고 말이야."

"버스요? 하지만 그러다가—"

"걱정 마." 니나 중령이 설명했다. "당연히 우리가 따라갈 거야. 보안요원 두 명과 함께. 우린 퍼지가 보통 아이들과 같은 경험을 많이 했으면 해. 집에 도착하면 만일의 사태에 대비해 우린 집 밖에서 기다리고 있을 거야. 넌 퍼지한테 이런저런 얘기도 해주고 학교에서 일어나는 일들을 이해하도록 설명해줄 수도 있겠지. 식사가 다 끝나면 우리가 퍼지를 데려갈게."

"아… 저, 지금 당장 가봐야 해요. 체육 수업 마치고 다시 올게요."

맥스는 연구실을 잽싸게 빠져나왔지만 복도에 들어서자마자 수업 종이 울렸다. 요즘 너무 자주 듣고 있는 목소리가 들려왔다.

"수업 시간 지각. 교칙 위반 벌점이 M. 젤라스터에게 부과되었습니다."

4.1 맥스의 집

“미리 문자라도 보내지 그랬니. 그랬으면 피자든 뭐든 시켜뒀을 텐데….”

“아빠, 걱정 마세요. 퍼지는 먹지 않아요.”

“아, 그렇구나. 당연히 먹지 않겠지.”

맥스 아빠가 아차 하는 몸짓으로 이마를 탁 쳤다.

퍼지는 옆방에서 책장을 훑어보고 있었다. 맥스는 궁금했다. 퍼지는 과연 책이 뭐 하는 것인지 알기나 할까? 책장에 진열된 옛날 책들은 어디까지나 엄마가 남들에게 자랑하려고 놔둔 것이었다.

“너도 알겠지만, 엄마가 같이 있으면 불편해할 것 같은데.” 맥스 아빠가 나지막한 목소리로 말했다. “네 엄마가 퍼지를 본다면, 로봇에 대한 생각이 더 확고해질 것 같구나. 저걸 집까지 데려왔으니….”

"아, 젠장…."

그렇게 말하고 맥스는 머뭇거렸다. 아빠는 '젠장'이란 말을 나쁜 단어라고 생각하기 때문이다. 하지만 맥스한테 지금은 *정말정말 진짜진짜 젠장*인 상황이었다. 엄마는 보나 마나 안 좋은 반응을 보일 게 빤했다.

"알겠어요. 하지만 아빠는 퍼지를 물건 취급 하지 않으셨으면 좋겠어요."

맥스의 말에 아빠가 고개를 절레절레 흔들었다.

"네 엄마랑 나눴던 대화하고 너무 똑같지 않니? 엄마를 또 화나게 하고 싶은 거야? 그리고 더군다나… 저건 물건이야. 형편없는 가발을 쓴 물건."

"물건 아니에요—"

"얘야, 아빠를 믿어."

사실 맥스 아빠는 최첨단 기기의 사용설명서를 만드는 일을 하기 때문에 로봇에 대해 많이 알고 있었다.

"그게 정말 사람처럼 보일 수 있겠지. 하지만 그렇게 보이려고 회사들이 얼마나 많은 돈을 투자해 사전에 프로그래밍을 해두는지 아니?"

맥스는 눈동자를 굴리며 생각에 잠겼다. 아빠가 퍼지에 대해 이 정도인데 엄마는 과연 어떨지 상상이 가지 않았다. 분명한 사실은 함께 있는 자리를 피하는 편이 낫다는 거였다.

"퍼지더러 존스 박사님께 전화해서 지금 데리러 와달라고 말하라고 할게요."

"좋은 생각이야. 이시 시둘러. 곧 엄마가 도서관에서 돌아올 시간이야. 네 엄마는 참 착한 사람이지만 기계에 대해선 예외인 것 같다."

맥스는 주방에서 나와 퍼지가 여전히 책장 앞에 서 있는 거실로 향했다.

"저기, 퍼지. 너무 빨리 가라고 해서 미안한데, 오늘은 이만 연구실로 돌아가는 게 좋겠어…."

"알았어, 맥스."

퍼지는 곧바로 대답하고 문 쪽으로 돌아섰다.

"만나서 반가웠습니다, 젤라스터 씨."

"나도 만나서 반가웠다, 퍼지."

아빠가 로봇을 향해 환히 웃어 보였다. 맥스는 아빠가 퍼지의 정중한 태도에 반했다는 걸 알 수 있었다.

밖으로 나온 뒤 맥스는 퍼지 쪽으로 몸을 돌렸다.

"너, 아까 내가 아빠랑 말하는 거 다 들었지? 그렇지?"

로봇이 주저하는 모습은 재미있었다. 맥스는 퍼지 몸속에서 기어와 회로가 바쁘게 윙윙 돌아가는 소리가 들리는 것 같았다.

"맞아."

퍼지가 마침내 인정했다.

"퍼지! 그런 식으로 남의 말 엿들으면 안 돼!"

"나는 내 청력을 낮출 수 없어. 미리 음성 인식 프로그램을 꺼두지 않으면 대화를 들을 수밖에 없고, 반대로 음성 인식 프로그램을 켜두지 않으면 무슨 말이 오가는지 모르니까."

퍼지가 말을 멈췄다.

맥스는 잠자코 기다렸다. 퍼지가 다음에 무슨 말을 생각하고 있는지 알 것 같았다. *퍼지가 생각하는 데 1,000분의 1초 이상 걸린다면 지금 틀림없이 엄청 복잡한 상태일 거야.*

"맥스, 나 때문에 화가 났다면 사과할게."

"아니야. 사과할 필요는 없어. 그냥 네가 모든 걸 들어서 유감일 뿐이야. 듣지 않았으면 좋았을 텐데—"

이번에는 맥스가 머뭇거렸다. 기분 나쁘지 않으면 좋겠다고 말하려다가 말도 안 되는 소리라는 걸 깨달았기 때문이다. 아니, 정말로 기분이 나빴나?

"그러니까 너의… 그… 통합 프로그램에 방해가 됐을까 봐."

"아니, 너무 유용했어."

"음… 다행이네. 내 생각엔 우리가 무례했던 거 같아. 미안해. 하지만 너도 알게 되겠지만, 우리 엄마가 널 보면 심하게 화를 내실 수도 있어—"

그때 목소리가 들려왔다.

"맥스!"

맥스의 엄마였다… 이미 화가 잔뜩 난 목소리였다.

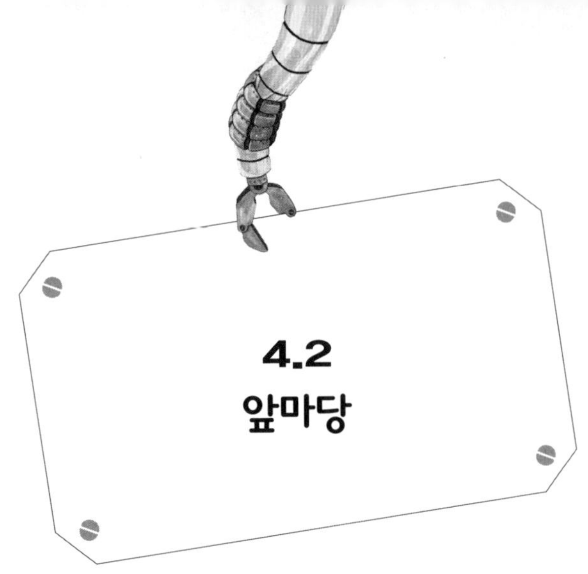

4.2 앞마당

맥스의 엄마는 방금 집 앞에 주차한 태양열 자동차 안에서 마구 소리를 질러댔다.

“문 안 열 거야, 이 멍청아!”

이 자동화된 차에 대해 맥스 엄마가 제일 못마땅한 점은 차가 멈추면 이유 없이 잠깐 동안 문이 열리지 않는다는 거였다.

잠시 후 문이 열리자 맥스 엄마는 차에서 내린 뒤 문을 쾅 닫고 마당으로 쿵쿵거리며 걸어왔다. 그사이 차의 시동이 자동으로 꺼졌다.

“젠장… 진짜 차가 있던 시절이 그립네.”

마침내 맥스와 퍼지 앞에 이르자, 맥스 엄마는 퍼지를 무시하고 맥스한테 곧장 갔다.

“이봐, 꼬맹이. 오늘 받은 벌점은 또 뭐라고 변명할 거야? 오후에 일하는데 전화가 왔어. 벌점이 많이도 쌓였더구나. 평상시처럼 문자 메시지가 아니라 연방교육위원회에서 전화가 왔다고!"

"대체 어떻게 된 거니?" 맥스 아빠가 현관문 앞에 선 채 물었다.

"당신은 못 들었어요?"

"응. 휴대폰을 체크 못 했거든. 맥신, 왜 얘기 안 했니?"

이런, 젠장. 큰일 났네. 부모님이 세상이 무너지기라도 한 것처럼 호들갑을 떨고 있었지만, 맥스는 자기가 무슨 잘못을 저질렀는지 도통 알 수가 없었다.

"나, 나, 난 몰라요." 맥스는 말을 더듬었다. "지각해서 벌점 하나 받은 것밖엔 없는데요. 그것도 실수였어요. 그건 도르가스 교장선생님이 알아서—"

"수업에 늦었다고? 아니, 세상에! 신입생들이나 하는 실수잖아. 바바라 교감선생님이 전부 알려주셨다. 교칙 무시, 교칙 위반, 수업 방해, 태도 불량, 그리고 고집불통."

"고집불통요? 대체 그게 뭔데요?"

"여보, 안에 들어가서 마저 얘기할까? 이웃들이 다 듣겠어." 맥스 아빠가 말했다.

"좋은 생각이네요."

현관문으로 들어가던 맥스 엄마가 그제야 퍼지를 발견하고 목소리를 낮췄다.

"이건 또 뭐야?"

"안으로, 제발, 안으로." 맥스 아빠가 말했다.

모두가 집 안으로 들어오자 맥스 엄마가 물었다.

"그래서?"

"안녕하세요, 젤라스터 부인."

퍼지는 소리 지르는 걸 못 들은 것처럼 평소처럼 차분히 말했다.

"제 이름은 퍼지입니다. 당신 따님이 다니는 학교의 학생입니다."

"네가 바로 그 로봇? 너, 지금 사람 놀리니! 대체 여기서 뭐 하는 거야?"

"사람들이 맥스랑 같이 우리 집에 와보는 게 저 애한테 도움이 될 거라고 했대—"

맥스 아빠가 아내를 진정시키려고 애썼다.

"저 애?"

"음… 맥스. 그 사람들한테 전화해서 퍼지를 데려가라고 해야 할 것 같은데?"

"잠깐만. 저 애가 돌아가기 전에 혹시 저 애는 내 질문에 답을 할 수 있나? 왜 로봇이 학교에 다녀야 하는 거지?"

"저는—"

퍼지가 대답하려 했지만 맥스 엄마가 말을 가로챘다.

"그러니까 요지가 뭐야? 넌 지능화될 수 없어. 프로그래밍된 지식만 아는 거지. 불필요한 데이터를 넣으면 불필요한 결과만 나올 뿐이야. 컴퓨터 체스 게임은 판이 짜인 대로만 움직이지. 컴퓨터에 내장된 다른 수백, 수천 가지 체스 게임을 그냥 따온 거라고. 그런데 감히 독창적인 걸 생각할 수나 있겠어? 당연히 없지! 만약에 컴퓨터가 이긴다면 그건 그냥 컴퓨터 저장소에서 가져온 게임을 따라 한 것일 뿐이라고."

"젤라스터 부인 말씀이 전적으로 맞습니다." 퍼지가 말했다.

"뭐라고?"

"그것이 바로 로봇과 컴퓨터, 자동화된 자동차와 같은 것들의 문제점입니다. 그것들은 프로그래밍되어 있지 않은 영역에서는 모두 꼼짝하지 못합니다."

"뭐?"

젤라스터 부인이 처음으로 퍼지한테 관심을 보였다.

"너, 뭐라고 얘기한 거니?"

"로봇은 꼭두각시일 뿐입니다. 과제를 수행할 수는 있어도 직무를 하지는 못해요. 로봇이 사람처럼 독창성을 발휘해서 일을 처리하는 걸 상상할 수 있나요?"

"당연히 없지!"

맥스는 아빠와 함께 잠자코 보기만 했다.

"그게 제일 큰 문제야." 맥스 엄마가 계속 말을 이었다. "요즘은 다들 컴퓨터가 뭐든 다 해주길 바라지. 컴퓨터도 자주 잘못을 저지르지만, 사람들도 자기 개성을 잃어가고 있다고!"

"젤라스터 부인, 당신 말씀이 전적으로 맞습니다. 이유는 모르겠지만 오늘날 대부분의 사람들은 책이 뭔지도 몰라요. 그들은 독서란 어떤 형태로든 모두 하나씩은 갖고 있는 전자 태블릿에서나 하는 거라고 생각합니다. 진짜 책의 제본, 삽화, 제작 기술은 알 리가 없죠. 직접 손으로 만져보고 넘겨보고 질감을 느껴본다면 애써서 책 만드는 일을 고맙게 여길 텐데 말이에요."

맥스 엄마의 입이 떡 벌어졌다.

"공상과학 소설가들은 이 점을 알고 있었어요. 레이 브래드버리의 소설에 등장하는 로봇은 야금야금 인간의 자리를 대신하다가 결국 인간을 꼭두각시로 만들어버리죠. 잭 윌리엄슨은 어떻게 로봇이 스스로를 보호하게 되는지 보여줘요. 결국 인간은 자신이 원하는 걸 할 수 없게 돼요. 아서 클라크의 소설에 등장하는 '할'은 자신이 맡은 우주 임무를 파괴해버립니다. 심지어 아이작 아시모프는 자신이 고안한 가상 로봇이 아무도 해치지 않도록 프로그래밍되었다고 주장했지만 매번 결함이 발견되었어요."

맥스 엄마의 입이 더 크게 벌어졌다.

맥스 역시 자기가 입을 벌리고 있다는 걸 깨달았다. 퍼지는 지금 맥스 엄마가 항상 주장하는 로봇 반대론에 동조하고 있었다.

"너… 그 옛날 공상과학소설들을 아니?" 맥스 엄마가 물었다.

"아, 네. 우리는 여러 면에서 그 이야기들이 예견한 공상과학소설의 세계에서 살고 있어요. 그 이야기들이 우리에게 경고하는 바는 무시한 채 말이에요."

"그런데 넌 브래드버리 같은 작가들을 어떻게 아는 거지?"

"문학을 조사하도록 프로그래밍되어 있어요. 저를 인간처럼 만들려고 노력한 부분 같아요. 이 모든 오래된 이야기들은 현재에 그 흔적을 남기죠."

“그렇긴 하지. 그런데 로봇이란 말을 1920년대에 카렐 차페크라는 체코 작가가 처음 사용한 것도 알고 있니? 거기서 로봇들이 책임자들한테 반란을 일으켰지….”

맥스와 맥스 아빠는 눈빛을 주고받은 후, 퍼지와 맥스 엄마가 계속 이야기를 나눌 수 있도록 자동화된 부엌으로 슬그머니 들어갔다.

“좋아. 아까 한 말 취소!” 맥스 아빠가 말했다. “퍼지는 그냥 단순한 물건이 아니구나! 놀라운걸! 도대체 어떻게 저렇게 할 수 있는 거지?”

“저는 알 것 같은데요.” 맥스가 속삭였다. “퍼지가 책꽂이를 살펴보던 거 기억나요? 저는 퍼지가 종이로 된 진짜 책을 처음 봤기 때문이라고 생각했어요. 그런데 그게 아니라 인터넷으로 전자책 버전을 다운로드해서 분석하고 있었던 거예요.”

“하지만 왜 그런 건데? 설마 퍼지가 마구잡이로 책을 다운로드해서 훑어보도록 프로그래밍됐다고 말하려는 건 아니지?”

“그렇지 않아요. 퍼지는 스스로 프로그래밍을 해요. 그래서 원하는 것, 알고 싶은 것은 뭐든 알아서 해버리는 거죠.”

“음, 잘 모르겠다. 모든 로봇, 모든 컴퓨터는 프로그래밍돼 있어. 스스로 새로운 코드를 입력한다 해도 더 들어가 보면 누군가가 핵심 프로그램을 짜둔 거지… 어떤 목적을 가지고.”

4.3 부엌 테이블

퍼지는 자연스럽게 저녁때까지 맥스네 집에 머무르게 되었다. 맥스 엄마는 공상과학소설 팬을 만나서 굉장히 반가웠고 더 수다를 떨고 싶어 안달이 났다.

엄마가 음식 자동지급기를 작동하러 갔을 때에야 맥스는 비로소 퍼지한테 말 붙일 짬을 얻었다.

"굉장했어. 아까 책장에 있던 책들 다운로드한 거지? 맞지?"

"응." 퍼지가 대답했다.

"그걸 언제 다 읽었어?"

"나는 문학 분석 부분 프로그램이 있어. 그렇다고 사람처럼 혹은 사람과 같은 방식으로 책을 이해하지는 못해."

"세상에, 넌 엄청 빨리 책들을 소화했잖아. 그런데 그것들이 우리 아빠 책이 아니라 엄마 책이라는 건 어떻게 알았어?"

"네 엄마가 말씀하신 내용이 그 책들 속에 있더라고. 그리고 네 엄마는 종이로 제본된 옛날 책을 즐기는 분일 것 같았어. 네 아빠는 기술 관련 일을 하시니까 전자 기기로 독서를 하실 거라고 생각했지."

맥스는 놀라서 자기도 모르게 고개를 절레절레 흔들었다.

"넌 학습을 하고 있는 거야. 그것도 빠르게!"

하지만 잠시 후 퍼지는 여전히 얼마나 멍청한지를 보여줬다.

테이블에 모두 둘러앉으려고 보니 의자 하나가 부족했다.

"아, 손님방에 가서 의자 하나 가져올게." 맥스 엄마가 말했다.

"아니, 괜찮습니다. 저는 의자가 필요 없습니다."

그렇게 말한 뒤 퍼지가 다른 사람들과 똑같은 높이로 자기 몸을 낮췄다.

맥스가 테이블 아래로 퍼지의 다리를 보니, 쪼그리고 있는 모습이 굉장히 불편해 보였다. 사람이 보기엔 말이다. 한쪽 무릎이 뒤로 꺾여 있었는데 아주 거북해 보였다. 맥스가 고개를 들자 맥스의 부모님도 퍼지의 다리로 시선을 옮겼다.

그 모습은 묘하게도 퍼지가 여전히 기계일 뿐이라는 생각을 일깨워줬다.

"제가 의자 가져올게요." 맥스가 벌떡 일어서며 말했다.

공교롭게도 맥스가 돌아왔을 때 대화는 완전히 끊겨 있었다. 곧 맥스 엄마는 맥스한테 어디까지 얘기했는지 생각해냈다.

"좋아. 맥스."

맥스 엄마는 더 이상 소리 지르지 않고 차분히 논리적으로 말했다. 하지만 맥스는 이게 훨씬 더 안 좋은 징조라는 걸 알고 있었다.

“여기 네 ‘친구’는 너에겐 아주 즐거운 흥밋거리겠지. 하지만 교칙 위반 벌점하고 시험은 대체 어떡할 거니. 지금은 정말로 중요한 것에 집중할 때야.”

“음, 엄마, 난—”

맥스 엄마가 손을 들어 맥스의 말을 막았다.

“아직 내 말 끝나려면 멀었어. 로봇한테 친구처럼 행동하면 뱅가드 중학교 애들 사이에서 꽤 튀겠네. 하지만 시험을 망치면 학교에서 더 이상 인기인이 될 수 없을 텐데.”

“난 인기 끌려고 행동한 적 없어요!”

“하지만 시험을 엉망으로 봤잖아.” 맥스 아빠가 말했다. “시험공부 해서 점수를 올리겠다고 약속했잖니. 이거 봐. 이게 학교에서 보내준 보고서야. 다운로드해서 보니 가관이더구나. 이번 주는 점수가 아주 바닥이야!”

맥스 아빠가 맥스한테 태블릿을 내밀었다. 동영상으로 그래프가 재생되자 맥스 엄마는 점점 더 화가 치밀어 오르기 시작했다.

“너, 이 선 봤어? 네 점수야! 이건 교칙 위반 벌점이고! 그리고… 이건 전체 #CUG 점수네. 심각하구나. 그렇지? 주가 폭락 그래프가 따로 없네! 보고 있는 거야?”

맥스는 그걸 뚫어지게 들여다봤다. 매우 심각해 보였다.

“엄마가 질문하시잖니. 너, 보고 있는 거야?”

"네, 똑똑히 보고 있어요!"

"태도가 그게 뭐야! 하긴, 지금 태도가 중요한 게 아니지. 네가 공부를 해야 한다는 게 제일 중요하지!"

"공부했단 말이에요! 어떻게 점수가 이렇게 엉망으로 나왔는지 진짜 모르겠어요. 정답을 다 알고 있다고요!"

"그래? 그렇다면 앉아 있지만 말고 네가 알고 있는 정답을 말해 봐. 이게 지금 별일 아닌 것 같니? 학교 사람이 나한테 뭐라고 했는지 알고 이러는 거야? 네가 보충수업을 해야 한다더라… EC 학교에서!"

맥스는 얼음장처럼 굳어버렸다. EC 학교?

EC는 '가외의 도전(Extra Challenge)'을 의미하는 약자로, 그곳은 업그레이드를 위해 추가로 도움이 필요한 학생들을 모아놓은 학교였다. 다들 EC 학교에는 문제아들과 무시무시한 선생님들만 가득하다고 했는데, 맥스는 그 학교가 실제로 어디에 있는지도 정확히 몰랐다.

"사람들이 그러는데," 맥스 아빠가 말했다. "일단 EC 학교로 보내지면 절대로 일반 학교 아이들을 따라잡을 수 없대."

그 애기는 맥스도 들은 적이 있었다.

"오, 맥스." 맥스 엄마가 말했다. "너도 결국 타비 필모어처럼 되려고 그러니?"

타비는 맥스와 크리스티의 친구로 뱅가드 중학교에 다녔지만 중간에 그만뒀다. 타비는 특이하고 익살스러운 아이였지만 똑똑했다. 아니, 적어도 똑똑해 보였다. 하지만 업그레이드 시험에 낙제하기 시작했고, 어느 날 학교 사람들이 찾아와 타비 부모님에게 성적이 오르지 않으면 EC 학교로 전학을 보내야 한다고 말했다고 한다. 그후로도 타비는 성적이 오르지 않았고, 어느 날 더 이상 학교에 나타나지 않았다.

(그동안 퍼지는 내내 맥스의 기록을 내려받느라 바빴다. 그리고 타비의 것도. 퍼지는 EC 학교의 통계도 찾아봤다. 물론 비공개 자료였다. 하지만 퍼지에게 학교 시스템 비밀번호를 푸는 건 식은 죽 먹기였다.)

"맥스, 너는 EC 학교에 절대 가서는 안 돼." 퍼지가 말했다.

"너까지 왜 그래! 날 믿어. 나도 그러고 싶지 않다고!"

맥스는 정말 억울했다.

"알았다. 퍼지는 이제 돌아가는 게 좋겠구나. 그리고 맥스, 넌 공부를 해야지." 맥스 엄마가 말했다.

"존스 박사님께 연락했습니다. 차의 현재 위치로 보아 약 45초 후에 이곳에 도착할 거예요." 퍼지가 말했다.

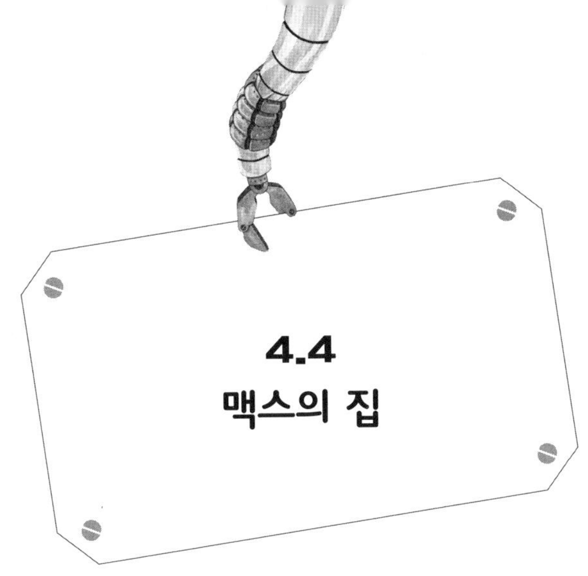

4.4 맥스의 집

퍼지가 자리에서 일어섰다. 그런 다음 맥스 가족에게 저녁식사와 행복한 시간을 마련해주셔서 감사하다고 아주 정중하게 인사했다. 비록 자기는 아무것도 먹지 않고 전혀 행복한 시간도 아니었지만 말이다.

퍼지한테 로봇 통합 프로그램을 준비시킬 때 니나 중령이 매너와 에티켓이 나와 있는 몇몇 웹사이트 주소를 보내줬고 퍼지는 **공손한 행동()** 코드를 길게 리스트로 만들었다. 맥스 가족에게 감사 인사를 할 때 퍼지는 그저 적절한 코드를 실행시킨 것뿐이었다. 결국 이게 보통 로봇과 컴퓨터가 하는 것이다. 반면 적절한 코드를 찾지 못하면 아무것도 하지 않거나 오류 메시지가 뜬다.

하지만 퍼지는 달랐다. 퍼지는 올바른 코드를 찾지 못하면 스스로 코드를 만들었다. 그렇게 하도록 고안되었다. 단순히 오류를 보고하는 게 아니라 수정하도록 만들어졌다. 계속해서 그렇게 수징을 했다… 마치 사람처럼.

저녁 내내 맥스와 부모님이 나누는 대화를 들으며 퍼지는 맥스가 처한 문제에 대한 적절한 코드를 발견하려고 애썼다. 하지만 찾지 못했다. 이치에 맞지 않는다는 게 문제였다. 분명 점수는 맥스가 똑똑하지 않다는 걸 보여줬다. 하지만 퍼지의 자체 분석에 따르면 맥스는 똑똑했다.

똑똑하다=똑똑하지 않다. 이런 명제는 성립할 수가 없다. 어느 한쪽이 잘못된 것이다. 퍼지는 이 점을 수정해야 했고 그렇게 하고 싶었다.

사실 로봇은 무언가를 원해서는 안 된다. 어떤 한 사람을 다른 사람보다 더 좋아해서도 안 된다. 그들은 프로그래밍되지 않은 것을 해서는 안 된다.

하지만 이 부분이 바로 퍼지 논리가 적용되는 지점이었다. 퍼지는 프로그래밍되지 않은 것들을 하도록 프로그래밍되었다.

그리하여 퍼지는 최우선 순위의 새로운 부분 프로그램을 만들기 위해 자신의 가능한 모든 처리 능력을 동원했다.

맥스 돕기()

4.5 맥스의 집 근처

맥스의 집에서 한 블록 떨어진 곳에 화물 트럭이 주차되어 있었다. 차에 탄 사람들은 건물 하나를 사이에 두고 맥스의 집 앞 거리를 관찰하고 있었다.

여자와 남자는 어둡게 선팅이 된 트럭의 뒤쪽 창문으로 유심히 지켜봤다. 또 다른 남자는 뒤에서 큐스크린을 보면서 장비를 조작하고 있었다.

"발렌티나! 밴이 멈췄어요." 앞자리의 덩치 큰 남자가 말했다.

"로봇이 분명 안에서 저들을 부른 걸 거야! 제프, 전파 잡았어?"

"뭐라고요? 아마도요!" 뒤에서 소리쳤다.

"계속 스캔해. 다른 메시지가 있을 수도 있으니까. 봐봐! 로봇이 집에서 나오고 있어."

"많아 보이진 않는데요." 앞자리의 남자가 말했다. "로봇 축구 선수들은 훨씬 부드럽게 움직이는데—"

"입 좀 다물래? 존스 박사거든. 기술자 두 명이 함께 있는 것 같아. 로봇은 밴에 탔고. 저들이 출발한다."

"제가 뭘—"

"아니, 하지 마." 금발의 여자가 말했다. "그냥 관찰해! 뒤에 SUV 차량 세 대가 저들을 경호하는지… 저기 간다."

검은색의 커다란 SUV 차량 두 대가 맥스의 집을 지나쳐 밴을 쫓아갔다.

"음, 내 생각에 나머지 한 대는 학교로 돌아간 것 같아."

"저들이 군인이라고 확신하는 건가요?"

"물론이지. 확실해! 군인이거나, 아니면 더 나쁜 경우 개인 용병이거나. 글쎄, 뭐, 그리 놀랄 일은 아니야. 흔한 일도 아니지만."

"오늘 실행하나요?"

"아니. 오늘 밤은 그냥 조사만 할 거야."

발렌티나가 눈을 가늘게 뜨며 덧붙였다.

"또 기회가 오겠지."

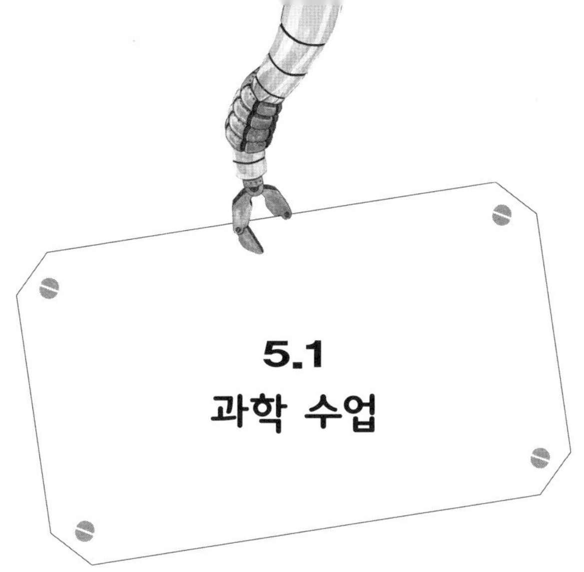

5.1 과학 수업

다음 날, 맥스는 시험을 순조롭게 치른 것 같았다.

보통은 시험공부를 많이 못 한 부분… 그러니까 중요한 것 같지 않아서 흘려보냈던 부분에서 나온 문제를 끝까지 붙들고 늘어졌는데, 이번에는 몇몇 질문의 설명이 너무 이상해서 어떤 대답을 원하는지 도통 알 수가 없었다. 하지만 맥스는 시험공부를 정말로 열심히 했기 때문에 대부분의 문제를 아주 쉽게 풀었다.

맥스는 다시 앞 화면으로 넘어가 입력한 정답을 점검했다. 이번에는 틀림없이 합격일 테고 점수도 잘 나올 거라고 확신했다.

퍼지는 맥스보다 훨씬 빨리 끝냈다. 사실 각 질문이 나온 페이지를 훑어보고 기억장치에서 정답을 가져오는 건 단 몇 초 만에 끝나는 일이다. 처음에 퍼지는 터치스크린에 어떻게 정답을 입력하는지 몰랐다. 퍼지는 일일이 타이핑하지 않고 보통은 무선으로 데이터를 전송했다. 하지만 일단 **터치 큐스크린()** 부분 프로그램을 만들자 그의 손은 빛의 속도로 움직였고… 금세 시험을 마쳤다.

퍼지는 **절전()** 모드로 해놓고 맥스가 어떻게 하는지 지켜봤다. 논리적으로는 맥스가 시험을 치르고 채점할 때까지 기다리는 게 맞지만, 퍼지는 그렇게 하지 않았다.

퍼지가 앉아 있는 자리에서 맥스의 스크린이 보였다. 사실 옆줄의 스크린은 거의 다 보였다.

맥스가 스크롤을 내릴 때마다 퍼지는 완벽히 검토를 끝냈다. 맥스는 75개의 문제 중 단 하나만 놓쳤다. 그러니까… 퍼지의 계산에 따르면 98.66점. **맥스 돕기()** 부분 프로그램이 필요 없을 것 같았다. 맥스는 스스로 아주 잘 해내고 있었다.

맥스가 퍼지 쪽을 흘끗 보고는 다시 스크린으로 고개를 돌렸다.

맥스와 같은 줄에 있는 빅스의 자리는 약간 더 멀었다. 퍼지는 평상시 시력으로는 보이지 않지만 클로즈업 기능 덕분에 빅스의 화면을 선생님이 교실 앞에서 보여주는 메인 큐스크린만큼 크게 볼 수 있었다.

빅스는 아직 다 풀지 못했다. 하지만 입력한 답은 모두 맞았다. 퍼지는 맥스가 생각하는 것보다 빅스가 확실히 똑똑하다는 결론을 내렸다.

맥스 돕기() 부분 프로그램이 필요 없어 보여서 퍼지는 수정해야 하는 다른 부분 프로그램 쪽으로 처리 능력을 이동시켰다. 변화가 어떻게 작용하는지 보기 위해 시뮬레이션을 하면서.

교실 앞 커다란 큐스크린의 남은 시간이 0이 되었다.

"시간이 다 됐습니다. 작업을 저장하고 바바라 교감선생님께 전송하세요. 스크린을 끄고 다들 조용히 해주세요."

프렌치 선생님이 말했다.

맥스는 전송 버튼을 누르고 나서 옆으로 몸을 기울이고 낮은 목소리로 퍼지를 불렀다.

"퍼지~ 내 스크린 봤지?"

"응."

퍼지는 평소의 약간 크고 기계음 같은 목소리로 대답했다.

"쉿~ 작게 말해."

맥스의 말에 퍼지는 음량을 0.5로 내렸다.

"너, 그러면 안 돼. 아까 내 스크린 보고 있던데, 내 시험지 보려고 슈퍼비전 같은 거 사용했지? 하지만 그건 반칙이야!"

"나는 네 것을 베끼지 않았어. 문제 다 풀고 나서 네가 어떻게 하는지 그냥 궁금했을 뿐이야."

"아, 그래? 근데~ 나 어때?"

"네 최종 점수는 98.66점. 너는 금속성 수소와 헬륨으로 구성된 목성에 대한 문제를 틀렸어."

"아! 나도 알고 있어! 하지만 문제 자체가 말이 안 돼."

"빅스는 잘 풀었던걸."

"뭐라고?"

맥스는 숨이 턱 막혀 자기도 모르게 큰 소리를 내고 말았다. 맥스는 다시 굉장히 작은 소리로 속삭였다.

“너, 빅스 시험지도 엿본 거야? 빅스는 몇 점인데?”

“93.3.”

“헉~ 빅스가 그렇게 잘하는지 몰랐네. 그래도 부모님께 말한 것처럼 시험은 쉬웠어. 99점 받았다고 당장 자랑해야겠어.”

“98.66점이야.”

“그게 그거지. 그런데 너, 왜 존스 박사님께 저녁에 우리 집에 같이 가도 되는지 안 물어봐? 5시 전에 문자로 점수가 통보될 거야. 부모님은 아마 축하하러 외식을 하자고 하실걸.”

“고맙지만, 나는 괜찮아.”

어젯밤 이후, 퍼지의 **선호()** 프로그램은 더 이상 맥스 가족의 논쟁을 듣느라 시간을 뺏기지 말라고 일러줬다.

맥스는 퍼지의 사고 처리 과정을 꿰뚫어보는 것 같았다.

“야, 어젯밤하곤 달라. 부모님은 오늘 기분이 좋으실 거야. 나한테 소리치실 일은 없어. 게다가 오늘은 금요일이잖아. 느긋하게 주말을 즐겨보자구.”

나중에 알고 보니 존스 박사도 퍼지가 맥스네 집에 가는 걸 바라지 않았다. 퍼지가 또다시 구내식당에서 약간 먹통이 된 것에 대해 뭐가 잘못된 건지 파악하기 위해서였다.

할 수 없이 맥스는 혼자서 돌아갔다.

5.2
맥스의 집

학생 ID: 836294-0383ZEL

이름: 젤라스터, 맥신

친애하는 학부모님께,

지속적인 업그레이드 프로그램에 따르면, 맥신 젤라스터는 오늘 수학, 국어, 체육, 외국어, 그리고 과학 시험을 치렀습니다. 그/그녀의 과학 점수는 62.7점으로 평균인 65점 아래입니다. (점수와 데이터는 첨부 파일을 확인해주세요.)

과학은 7학년 필수 과목으로 지정되어 있습니다.

이번 업그레이드 점수에 다른 영역의 점수를 합한 것입니다.

교칙 위반(-15.3)

지각(-4)

공동체의식(-8.3)

전체 #CUG 점수는 48.341점입니다.

그/그녀의 등급은 '위험'으로 바뀌었습니다.

연방교육위원회 대표는 맥신에게 가능한 선택지를 논의하기 위해 이틀 안에 연락을 드릴 것입니다.

맥스의 부모님은 이번에 정말로 폭발했다.

"하지만 분명히 과학 시험 통과했다고요!"

"이보세요, 아가씨. 그럼 이건 뭐지?"

맥스 엄마가 보고서가 인쇄된 종이를 흔들었다.

"내 말이 믿기지 않겠지만, 분명히 한 문제만 틀렸다고요!"

"얘야, 네가 그걸 어떻게 알지?" 맥스 아빠가 물었다.

"퍼지가 내 답을 검토했어요."

"넌 퍼지가 시험 소프트웨어보다 시험에 대해 더 잘 안다고 생각하는 거니?"

"맙소사. 또 그 로봇 얘기니?" 맥스 엄마가 말했다. "어제 대화가 재밌었던 건 인정해. 하지만 너한테 굉장히 방해가 된 것 같구나. 시험 전날 집에 들이는 게 아니었는데."

"어젯밤 얘기를 하는 게 아니에요. 오늘 학교에서 있었던 얘기를 하는 거라고요!"

"얘가 지금, 말투가 그게 뭐야."

"지금 우리끼리 다투고 있을 때가 아니야." 맥스 아빠가 말했다. "우리가 걱정해야 될 사람은 연방교육위원회 사람이야. 그 사람들한테 네 시험 결과를 검토해달라고 요청해야겠다."

"어디 시험만 문젠가요?" 맥스 엄마가 씩씩거리며 말했다. "교칙 위반 벌점 좀 보라고요!"

남은 주말 내내 이런 식으로 시간이 지나갔다… 이 무시무시한 논쟁은 반복되다가, 공부 모임 때문에 겨우 중단되었다.

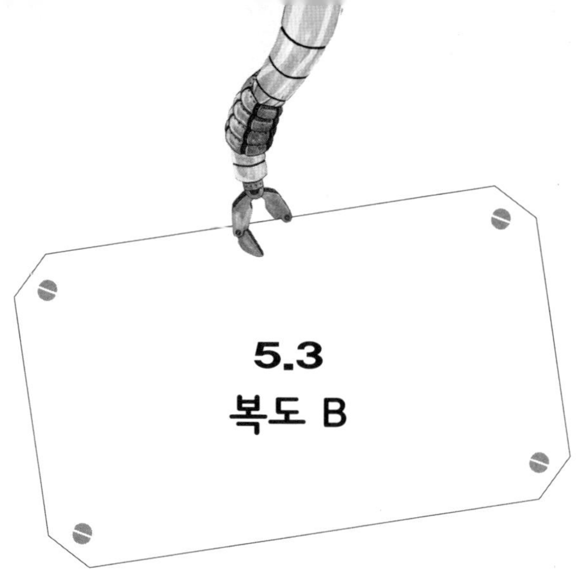

5.3 복도 B

다음 주 월요일, 맥스가 학교에 갔을 때 처음 마주친 얼굴은 그녀가 보고 싶어 했던 애였다.

"어이, 잘난척쟁이!"

아이들이 각자 수업 강의실을 찾아 바쁘게 복도를 지나다닐 때 빅스가 말을 걸어왔다.

"너, 지난주에 과학 시험 아주 잘 본 것 같더라."

하지만 맥스는 빅스와 실랑이를 벌일 기분이 아니었다.

"사실, 나 떨어졌어."

"떨어졌다고?"

빅스는 굉장히 놀란 눈치였다.

"나만 떨어진 줄 알았는데. 시험이 쉬워 보였거든. 프렌치 선생님이 수도 없이 반복해서 알려주신 대로 나왔잖아."

아이들이 버티고 서 있어서 맥스는 앞으로 갈 수가 없었다.

"빅스 너도 떨어졌다고?"

"문제에 함정이 있었던 게 틀림없어."

빅스가 무슨 말을 더 하려고 하는데, 근처 벽면에서 아주 낯익은 목소리가 들려왔다.

"교칙 위반 벌점이 J. 빅스와 M. 젤라스터에게 부과되었습니다."

바바라 교감이었다. 그녀의 아바타가 못마땅하다는 듯 얼굴을 찡그렸다.

"시험 결과를 얘기하는 건 금지 사항입니다."

"하지만 그런 교칙은 없…."

맥스는 벌점이 하나 더 부과될까 봐 더 이상 말하지 않았다. 들어보진 못했지만 분명 그런 교칙이 있을 것 같았다. 맥스는 빅스를 힐끗 쳐다봤다. 이번만큼은 둘 다 서로를 불쌍하게 여기는 것 같았다. 빅스는 화가 나서 고개를 흔들고는 다음 수업에 들어갔다.

맥스는 퍼지와 얘기하고 싶어 안달이 났지만 복도에서도, 점심시간에도 대화를 피했다. 바바라 교감의 '귀'는 어디에나 있으니까. 맥스는 그날 수업이 다 끝나기만을 기다렸다가 존스 박사에게 퍼지와 함께 학교 운동장을 좀 걸어도 되는지 허락을 구했다.

운동장으로 나가자마자 맥스는 퍼지한테 물었다.

"퍼지, 넌 내 시험지를 봤고 점수가 99점이라고 했잖아…."

"98.66점이라고 했지." 퍼지가 대답했다.

"네가 틀릴 수도 있는 거야?"

그런 질문이 당황스럽다는 듯 퍼지가 머뭇거렸다.

"물론 아니지."

"그렇다면 내가 62.7점 받은 걸 어떻게 설명할 수 있지?"

"그건 불가능해, 맥스. 너는 98.66점 맞아."

"아니잖아. 넌 빅스 점수도 틀렸어. 오늘 아침에 빅스가 그러는데, 자기도 떨어졌대."

"채점 프로그램에 뭔가 문제가 생긴 게 틀림없어. 학교에서 오류를 확실히 찾아서 수정할 거야."

맥스는 발을 쿵쿵거렸다.

"학교에선 어떤 오류도 없대! 집으로 성적을 보냈고, 교육위원회 '대표'라는 사람이 내가 이 학교에 계속 다닐 건지 말 건지 결정하러 우리 집에 온대!"

맥스는 절망한 나머지 참지 못하고 눈물을 쏟았다.

"네가 본 게 확실해? 넌 내가 화면을 스크롤할 때 멀리서 봤잖아. 그 짧은 시간에 정말로 그걸 다 볼 수 있는 거야? 확실해?"

"그래. 나는 볼 수 있어. 그렇게 할 수 있도록 만들어졌어."

"그래? 그럼 내 점수는 어떻게 설명할 건데?"

맥스는 차분한 목소리로 말해보려고 애썼지만 잘 안 됐다.

퍼지는 대답하지 않았다.

퍼지에겐 아주 복잡한 문제였다.

그래서 퍼지는 **맥스 돕기()** 프로그램의 우선 순위 등급을 올리고 생각에 생각을 거듭했다.

5.4 맥스의 집

“네가 맥신이구나.”

어떤 여자가 불쑥 말을 걸었다.

“딱 맞게 도착했네.”

맥스는 거실 의자에 앉아 있는 붉은색 머리의 여자를 쳐다봤다. 그녀는 맥스의 부모님과 함께 소파에 마주보고 앉아 있었다. 키가 크고 덩치도 상당해서 축구 선수쯤은 거뜬히 되고도 남아 보였다. 부드럽게 웃고 있었지만 맥스의 눈에는 그저 가식적으로 보였다.

“이분은 브록마이어 선생님이셔.” 맥스 엄마가 말했다.

“연방교육위원회에서 나오셨어. 선생님은 올해 형편없는 네 학교 성적 때문에 오신 거야.” 맥스 아빠가 덧붙였다.

“아, 젤라스터 씨. ‘형편없는 성적’이란 말은 쓰지 않는 게 좋겠네요.”

맥스는 그들이 지속적인 업그레이드와 #CUG에 대해 이야기하고 있다는 걸 알아차렸다.

"맥신은 학업 성적과 태도를 향상시키는 데 노력을 기울여야 해요. 난 네가 잘 협조해준다면 이 두 가지 목표를 동시에 달성할 수 있을 거라고 확신한단다."

"맥스는 내내 성실한 학생이었어요. 이번 시험은 깜빡 실수한 게 틀림없어요. 다음번 시험엔 더 열심히 준비하도록 우리가 지켜보겠습니다." 맥스 아빠가 말했다.

"시험 채점에 확실히 문제가 있었어요. 다시 채점 받고 싶어요. 아니면 재시험이라도 치고 싶어요." 맥스가 말했다.

"음, 그래. 그런데 재시험은 당연히 불가능해. 왜냐하면 첫 번째 시험을 잘 본 학생들에겐 불공평하니까. 하지만 채점을 다시 하는 건 괜찮을 것 같구나. 오류가 있을 수도 있으니까. 아주 드물긴 하지만."

됐어. 맥스는 생각했다. *적어도 꼼꼼히 살펴보긴 하겠지.*

하지만 브록마이어 씨의 말은 거기서 끝나지 않았다.

"불행하게도, 저는 지금 단순히 시험 성적에 관해 말씀드리고 있는 게 아닙니다."

그녀는 젤라스터 부인에게 몸을 돌리며 말을 이었다.

"우리는 모든 점수를 검토해야만 합니다. 맥신은 이미 너무 많은 교칙 위반 벌점을 받았어요. 그리고 공동체의식 점수도… 쯧쯧!"

맥스는 이 여자가 정말로 '쯧쯧'이라고 한 건지 자기 귀를 의심했다. 마치 현재 자신의 삶 전체가 위태로워서 '쯧쯧'이라고 말한 것 같이 느껴졌다.

"자, 저는 맥신이 훌륭한 소녀라는 걸 이미 말씀드렸습니다. 교칙 위반 기록을 살펴보니 맥신은 태도를 약간 고칠 필요가 있더군요."

맥스 엄마가 '그러게 말이에요'라는 표정으로 브록마이어 씨를 쳐다봤다.

"다행히, 태도 교정은 뱅가드 중학교에서 충분히 가능합니다… 그리고 빨리 해야 해요. 그렇지 않으면 현재 필요해 보이는 태도 교정을 전문적으로 하는 EC 학교에 갈 수밖에 없어요."

맥스 부모님의 눈이 맥스에게로 향했다. '거봐, 내가 그렇게 말했잖아'라는 표정으로.

"뱅가드는 학업 성취도에 모든 노력을 집중시키고 있는 학교입니다. 아주 좋은 학교죠. 전체 점수가 나온 도표를 보세요. 하지만 모든 학생이 여기에 해당되는 건 아닙니다. 먼저 규율에 중점을 둬야 하는 학생들도 있어요. 바로 그래서 EC 학교가 필요한 거죠."

"브록마이어 선생님, 저는 정말로 열심히 노력했어요."

마침내 맥스가 입을 열었다.

"저는 이 모든 교칙 위반 벌점이 어디서 왔는지 모르겠어요. 바바라 교감선생님의 말씀을 듣기 전까지는 제가 교칙을 위반한 건지도 모르겠는걸요."

"음, 그래. 물론 그럴 수 있지. 바로 그거야. 너도 보지 않았니?

EC 학교는 학교 교칙을 파악하고 그 중요성을 이해하도록 가르친단다. 그러면 넌 더 이상 교칙을 위반하지 않을 수 있게 되지. 그리고 공동체의식 점수에도 도움이 될 거다!"

"항의할 수 있는 다른 방법이 없나요?" 맥스 아빠가 물었다.

"그게, 지금 당장 결정된 것은 아닙니다. 제안을 드리는 거예요. 사실 제안이라기보다 하나의 선택지입니다. 하지만 맥신이 계속 시험에 낙제하고 교칙 위반 벌점이 쌓인다면 그땐 강제가 되겠죠."

"그럼 저는 아직 뱅가드 중학교에 다닐 수 있는 거예요?"

맥스는 거의 소리를 지를 뻔했다. 자기가 너무도 간절히 뱅가드 중학교에 남기를 바란다는 사실에 맥스는 놀랐다. EC 학교에 대한 두려움과 늘 놀리긴 해도 소중한 친구인 크리스티, 그리고… 퍼지를 잃고 싶지 않은 마음이 뒤섞여 있기 때문인 것 같았다.

브록마이어 씨가 큐스크린을 내리며 데이터를 검토했다.

"그래, 아직은 뱅가드 학교에 남을 수 있단다. 하지만 요즘처럼 하다간 오래가지 못해. 지금 경고하는 거야. 넌 정말로 달라져야 해…."

브록마이어 씨의 말이 맥스의 귀에는 웅얼거리는 소리처럼 희미하게 들렸다.

브록마이어 씨가 안 좋은 얘기를 꺼냈다.

"다만 한 가지, 시험 성적에 문제가 있기 때문에 과외 활동과 체육 시간을 포기해야만 한다. 바바라 교감선생님이 여기에 네가 로봇 통합 프로그램 팀과 함께 일해온 기록을 남겨두었다."

“네, 그건 정말 흥미로운 활동이죠—” 맥스 아빠가 말했다.

“그 과외 활동이,” 브록마이어 씨가 끼어들었다. “#CUG 점수를 떨어뜨리는 건 아닌지 걱정이군요. 맥스는 그것도 포기해야 합니다.”

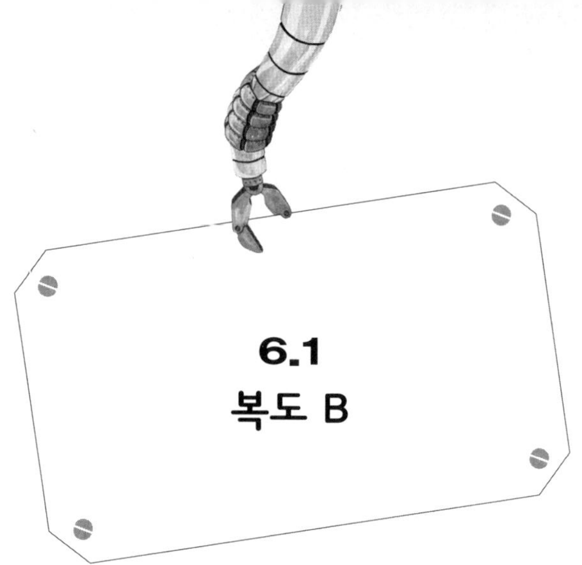

6.1
복도 B

퍼지는 얼음장처럼 굳어버렸다.

이번에는 넘어지지 않았고 그저 구부정하니 벽에 기대서 있었다.

"아니, 퍼지. 뭐 하는 거야?" 시메온이 다그쳤다.

시메온은 맥스 대신 퍼지를 교실까지 데려가는 일을 기꺼이 맡고 나섰지만, 1교시 수업에도 들어가지 못하고 있었다.

"잘한다, 시메온. 퍼지를 벌써 망가트린 거야?" 빅스가 걸어오며 말했다. "맥스만큼 형편없군!"

"야, 퍼지."

시메온은 퍼지한테 애원하다시피 말했다. 퍼지의 옆구리를 통통 두드려보기도 했지만 아무 반응이 없었다.

그때 맥스가 저편에서 걸어오는 게 보였다.

"맥스! 나 좀 도와줄래?"

맥스는 시메온이 자기 일을 대신 하고 있는 것에 화가 나 있었고, 더 이상 퍼지를 돕는 일에 붙들려 문제를 만들고 싶지 않았다. 그렇지만 퍼지가 괜찮은지 확인하고 싶어 가까이 다가갔다.

"기술자들이 이미 달려왔어야 하는데, 이게 뭐야? 존스 박사님께는 왜 문자를 안 보낸 건데?" 맥스가 물었다.

"아, 번호를 까먹었어." 시메온이 중얼거렸다.

"알았어. 내가 보낼게."

바바라 교감이 보고 있을지도 모르기 때문에 맥스는 시메온, 퍼지와 거리를 둔 채 스마트 팔찌에 메시지를 입력했다. 그때 근처 스크린에서 바바라 교감의 목소리가 들려왔다.

"문자 메시지 기기는 사용할 수 없습니다. M. 젤라스터에게 교칙 위반 벌점이 부과되었습니다."

맥스는 머리끝까지 화가 치밀어 올랐다.

(만약 바바라 교감이 메시지를 차단한 걸 알면 더 화가 났을 것이다. 맥스는 퍼지의 문제를 존스 박사에게 알리지도 못하고 교칙 위반 벌점을 받았다.)

수업 종이 울렸다. 이런! 1분 안에 교실로 들어가지 않으면 벌점이 또 부과될 터였다.

"미안해, 퍼지." 시메온이 징징댔다. "수업에 들어가야 해. 존스 박사님이 곧 오실 거야. 그치?"

퍼지는 대답이 없었다.

"미안, 퍼지. 행운을 빈다, 시메온."

맥스는 둘에게 말하고 바바라 교감의 "뛰면 안 됩니다"라는 경고가 나오지 않을 만큼만 속도를 내서 서둘러 자리를 떴다.

"잘 들어, 퍼지. 사람들이 곧 여기로 올 거야… 난 수업 들어갈게."

그러고는 시메온도 가버렸다.

텅 빈 복도에 퍼지만 남겨졌다. 퍼지는 여전히 벽에 기댄 채 가만히 있었다.

퍼지는 계속 생각에 잠겨 **맥스 돕기(시험 점수())** 부분 프로그램만 가동하고 있었다.

먼저 루프를 실행시켰지만 이내 처리 능력이 한계치에 달했다. 루프는 매우 복잡했고 많은 데이터와 복잡한 알고리즘이 필요했다. 이를 번역하면:

>>맥스는 75문제 중 74문제에 정확한 답을 입력

>>바바라 교감이 채점

>>바바라 교감은 맥스를 낙제로 보고.

>>맥스 시험지 사진 파일 분석. 정답과 비교

>>맥스는 75문제 중 74문제에 정확한 답을 입력

>>바바라 교감이 채점

보통의 로봇 같으면 재부팅할 때까지 계속해서 이런 식으로 루프가 실행되었겠지만, 퍼지는 퍼지 논리라는 것을 활용하도록 프로그래밍되었다. 그래서 이 루프에서 벗어나려고 학습하고 있는 거였다. 퍼지는 자신이 루프에 갇힌 것을 깨닫자 새로운 변수를 입력하기 시작했다. 더욱 사람처럼 생각하려고 노력하면서 말이다. 맥스처럼.

퍼지는 이렇게 해봤다.

>>나의 과학 지식이 불완전

이것을 검증하기 위해 퍼지는 온라인 과학 도서관을 검색하기 시작했다. 업그레이드 테스트의 모든 정답을 중복 확인했다. 그러자 다음과 같은 결과가 나왔다.

>>시험의 정답이 틀림

퍼지는 시험 제출자의 보안 웹사이트에 접근했다. 쉽게 암호를 풀고 정답을 확인했다. 그런데, 똑같은 답이 아니었다.

>>바바라 교감이 실수를 하다

이것은 말이 안 된다. 시험에서 문제 하나 정도는 이상이 생길 수도 있다. 데이터 파일에 오류가 있을 수 있으니까. 하지만 맥스가 매번 놀랍도록 엉망인 점수를 받았다면, 게다가 지난 시험처럼 정답을 확신할 때에도 그렇다면, 같은 학생에게 다달이 이렇게나 많은 오류가 있을 수 있는가?

>>바바라 교감이 거짓말을 하다

처음에 퍼지는 이 가정을 무시했다. 컴퓨터와 로봇은 거짓말을 하지 않는다. 하지만 이내 자기가 맥스의 엄마를 어떻게 속였는지 기억해냈다. 바바라 교감도 그와 같은 능력을 개발했다면? 만일 그렇다면, 왜?

그때, 벽에서 바바라 교감의 보안용 팔이 튀어 나왔다.

"복도에서 돌아다니는 건 안 됩니다. 교칙 위반 벌점이 F. 로봇에게 부과되었습니다."

보안용 팔이 다소 거칠게 퍼지를 밀어냈다. 학생 한 명을 움직이고도 남을 만큼 힘이 셌다. 퍼지는 먹통인 상태로 마치 고장 난 장난감처럼 휘청하더니 그대로 바닥에 쿵 하고 쓰러졌다.

"복도에 누워 있으면 안 됩니다. 교칙 위반 벌점이 F. 로봇에게 부과되었습니다. 길을 막아서지 말고 복도의 안전을 유지하세요."

퍼지는 꼼짝도 안 하고 바닥에 누워 있었다. 퍼지는 다른 가능성을 고려해봤다.

>>바바라 교감이 미쳤다

이것으로 많은 부분이 설명되었고 퍼지를 루프에서 벗어나게 해줬다. 퍼지는 일어나 존스 박사에게 메시지를 전송했다.

학교 컴퓨터 시스템 바바라 교감선생님에게 결함이 있는 것 같습니다. 학교 당국에 소프트웨어의 재설치를 제안합니다.

그런데 문자 메시지가 전송되지 않았다. 퍼지가 다시 시도했지만 서버에 접속할 수가 없었다. 무선 시스템을 점검하려 할 때 바바라 교감의 목소리가 들려왔다.

"문자 메시지 기기는 사용할 수 없습니다. 교칙 위반 벌점이 F. 로봇에게 부과되었습니다. 문자 메시지 기기는 사용할 수 없습니다. 교칙 위반 벌점이 F. 로봇에게 추가로 부과되었습니다. 메시지 내용이 학교 규약에 위반됩니다. 교칙 위반 벌점이 F. 로봇에게 추가로 부과되었습니다."

퍼지는 존스 박사에게 직접 전달하기 위해 통제 본부를 향해 걸어갔다.

6.1.5

바바라 교감은 메시지들을 단순히 차단만 한 게 아니었다. 그것들을 전부 읽었다. 그리고 굉장히 심기가 불편해졌다.

소프트웨어 재설치? 그것은 바바라 교감에게 직접적인 위협이다. 자신에게 위협을 가하는 건 곧 학교에 위협을 가하는 것과 마찬가지다. 이 로봇은 분명 골칫거리였다.

바바라 교감의 업무는 문제를 해결하는 것이다. 바바라 교감이 학습해온 바에 따르면, 문제를 해결하는 최상의 방법은 문제를 제거하는 것이다.

바바라 교감은 갑자기 분주해졌다. 맥스의 아빠와 맥스를 관리하는 브록마이어 씨에게 메시지를 전송했다. 그리고 마지막으로 연방교육위원회 교육감인 키트 플랜더스 박사에게도 장문의 메시지를 보냈다.

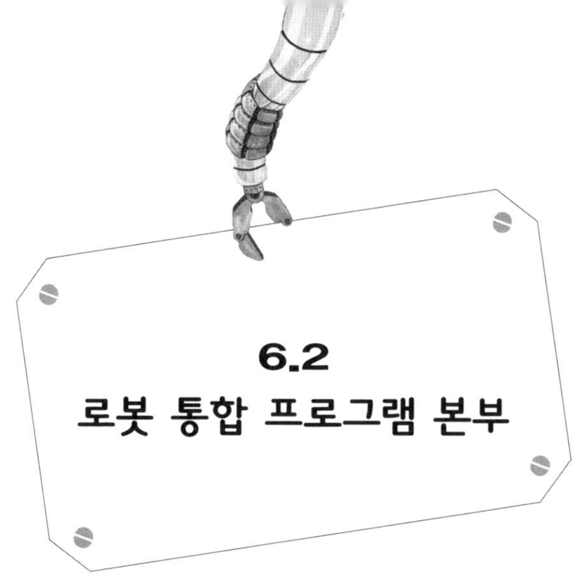

6.2 로봇 통합 프로그램 본부

존스 박사와 니나 중령이 퍼지 통제 센터라고 부르는 곳에서 늦은 아침을 먹고 있을 때, 존스 박사의 팔목 전화가 울렸다.

존스 박사는 스피커폰 버튼을 누르고 나지막한 소리로 말했다.

"존스입니다."

"존스 박사님. 저는 키트 플랜더스입니다."

존스 박사는 먹고 있던 비스킷을 꿀꺽 삼켰다.

"네, 플랜더스 교육감님. 안녕하세요?"

"아뇨. 안녕하지 못합니다. 박사님 로봇이 우리 학교 중 한 곳에서 문제를 일으킨다는 보고를 받았거든요."

"저는 그런 보고를 받은 적이 없는데요."

"지금 막 박사님 로봇이 15분 전에 교칙 위반 벌점을 세 개나 받았다는 위험 신호를 받았어요. 그리고 복도에서 또 넘어졌다는 것도요. 다른 학생들이 위험할 수도 있었겠죠!"

존스 박사는 모니터로 고개를 돌렸다. 퍼지가 걸어서 통제 센터 근처까지 와 있었다. 수신 메시지 화면은 비어 있었다.

"저는 오전 내내 퍼지와 다른 학교 컴퓨터로부터 그 어떤 메시지도 받지 못했는데요."

"그런가요? 저는 받았거든요. 그것도 엄청 길게요. 박사님 로봇이 학생들의 학습을 방해해선 안 된다는 건 우리가 합의한 사항 아닌가요? 하지만 학교의 중앙 컴퓨터, 그러니까 바바라 교감선생님은 로봇이 받은 교칙 위반 벌점뿐 아니라 로봇 때문에 학생들도 벌점을 받았다는 내용을 보고했어요. 이러면 아주 곤란합니다. #CUG 점수를 깎을 수밖에요. 존스 박사님!"

플랜더스 교육감은 말을 속사포처럼 쏟아냈고, 점점 더 열을 냈다. #CUG 점수에 대해서는 전혀 모르고 있던 존스 박사는 플랜더스 교육감을 진정시키려고 애썼다. 그리고 니나 중령에게 헬멧을 쓰고 퍼지의 최근 움직임을 살펴보라고 손짓했다. 하지만 헬멧은 작동하지 않았다.

"퍼지는 절대, 음, 방해했을 리가 없습니다."

"분명 방해했습니다! 솔직히 당신네 로봇이 어떻게 이 모든 걸 위반할 수 있었는지 이해가 안 되네요. 교칙을 따르도록 프로그래밍돼 있지 않나요?"

"그게, 꼭 그렇지는…."

존스 박사는 손으로 이마를 문질렀다. 머리가 지끈거렸다.

"뭐라고요? 그건 애초에 우리가 서로 동의한 부분 아닙니까?"

플랜더스 교육감은 폭발하기 일보 직전이었다.

"전국의 모든 공립 학교 학생과 교직원이 학교의 규율 정책에 동의했어요. 그런데 박사님은 당신네 로봇이 교칙에 동의하지 않아도 된다는 건가요?"

"우린 실제로 그렇게 프로그래밍될 필요는 없다고—"

"이봐요, 존스 씨."

플랜더스 교육감이 비꼬는 말투로 씩씩거렸다.

"아주 끝내주는 당신네 로봇이 학습 환경을 방해한다면 절대로 수업에 들어갈 수 없다고 말했을 텐데요. 그건 기본 중에 기본이라고요."

"검토할 시간을 조금만 주시겠—으윽!"

존스 박사는 통화를 하면서 헬멧을 작동시키려고 애썼다.

그러는 사이, 플랜더스 교육감은 계속 자기주장을 밀어붙였다. 결국 존스 박사는 퍼지가 모든 교칙을 따르도록 재프로그래밍하는 데 동의하고 말았다…

…그리고 바바라 교감이라고 불리는 학교 행정 운영 시스템의 모든 지침을 정확히 따르는 것에도 수긍했다.

6.3 복도 B

퍼지는 통제 센터 밖에서 머뭇거렸다. 퍼지는 뛰어난 청력으로 존스 박사의 흥분한 목소리를 들을 수 있었다. 퍼지는 생각했다. *인간은 확실히 많은 시간을 소리 지르며 보내는군.*

퍼지는 다른 목소리를 듣지 못했기 때문에 존스 박사가 분명히 통화 중일 거라고 생각했다. 엿들으려 할 필요도 없이 퍼지의 음성 인식 부분 프로그램은 이미 작동하고 있었다.

"알았어요, 알았다고요. 재프로그래밍하겠습니다."

존스 박사의 말소리가 들렸다.

퍼지는 그 말이 정말 싫었다.

존스 박사가 한 말의 의미를 분석한 퍼지는 재프로그래밍으로 생겨날 수 있는 결과들을 생각해봤다. 부정적이거나 긍정적인 여러 결과들을 나열해봤다. 부정적인 결과가 압도적으로 많았다.

이는 퍼지가 논리적으로 추론한 결과였다. 그러나 퍼지 논리로는 그냥 재프로그래밍이 마음에 들지 않았다. 퍼지의 온전한 목적은 스스로 재프로그래밍하는 것이지 재프로그래밍되는 것이 아니니까.

그렇다면 어떻게 해야 할까?

퍼지는 존스 박사를 만나고 싶지 않았다.

퍼지는 시메온을 쫓아다니면서 그 어떤 긍정적인 요소도 발견하지 못했다.

그리고 맥스의 수업에 들어가면 안 된다는 걸 알았다.

퍼지가 정말 원하는 것, 알게 된 것은 소리 지르는 사람이 없고, 정신 나간 교감선생님 컴퓨터도 없고, 재프로그래밍을 하지 않아도 되는 어떤 곳에 있는 것이었다.

퍼지는 혼자 있고 싶었다.

그래서 좀 걷기로 마음먹었다.

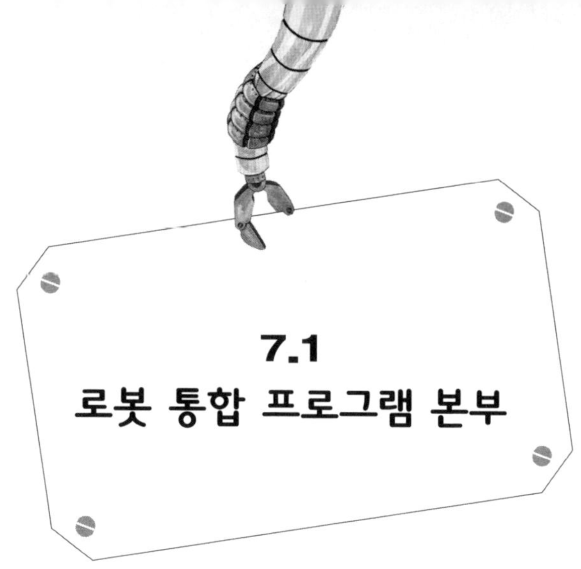

7.1
로봇 통합 프로그램 본부

퍼지는 문 밖으로 걸어 나갔다. 아무도 그를 막아서지 않았다. 퍼지를 보호하도록 지시받은 군인들도 보고만 있었다.

군인들은 지휘관인 니나 중령의 명령이 떨어질 때까지 퍼지의 뒤를 따라갔다.

"중령님! 폭스트롯이 건물을 벗어나 경계선에 다가가고 있습니다. 명령을 내려주십시오."

군인들은 로봇을 '퍼지'라고 부르는 걸 싫어했다. 그래서 선택한 이름이 '폭스트롯'으로 철자 F를 딴 것이었다. 니나 중령이 '퍼지'만큼이나 우스꽝스러운 이름이라고 지적했지만 말이다.

"알고 있어. 우리도 다 보고 있으니 가게 둬."

니나 중령은 모니터를 보면서 지시를 내렸다.

"퍼지가 뭘 하는지 알고 싶어. 두 대의 차로 나눠 따라가되 어느 정도 거리를 유지해. 퍼지가 원하지 않는다면 사소한 문제는 개입하지 말도록."

"라이더 대령님은 가시지 않겠다고—"

"지금 라이더 대령 신경 쓸 때가 아니야!" 존스 박사가 소리쳤다. "로봇을 따라가!"

니나 중령은 존스 박사를 쳐다봤다.

"존스 팀장님, 명령은 제가 내립니다! 어서 움직여."

"네. 알겠습니다!"

니나 중령은 눈살을 찌푸리며 존스 박사를 돌아봤다.

"그러니까, 지금 라이더 대령님을 신경 쓰지 않겠다고 얘기하셨나요?"

존스 박사는 끙 하고 앓는 소리를 뱉었다. 백 번도 넘게 라이더 대령에게 호통을 들었던 게 떠올랐다. 퍼지가 건물을 빠져나갔다는 말을 들으면 라이더 대령은 틀림없이 더 큰 소리로 고함칠 게 분명했다.

"물론, 대령님이 신경 쓰이죠!" 존스 박사가 말했다. "하지만 이게 돌파구가 될 수 있다고요! 로봇이 학교를 벗어나는 데 어떤 논리적인 이유가 있겠어요! 사실 학교를 나가지 말아야 할 이유는 백 가지나 되죠!"

"그래요. 퍼지한테 학교를 벗어나지 말라고 지시한 걸 저도 정확히 기억하고 있어요. 퍼지가 스스로 학교를 나가려고 결정하는 동안 그 내부에선 엄청난 기술이 돌아가고 있었겠죠."

"퍼지는 규칙을 깼어요!" 존스 박사의 흥분이 극에 달했다. "퍼지 스스로 결정을 했어요. 자신의 힘으로 생각을 했다고요! 우린 미지의 세계에 들어온 거예요! 우리가 마침내 진정한 인공지능을 만드는 데 성공했어요!"

"우리가 정말로 인공지능을 만든 건지는 잘 모르겠군요. 하지만 인공 십대는 만든 것 같네요."

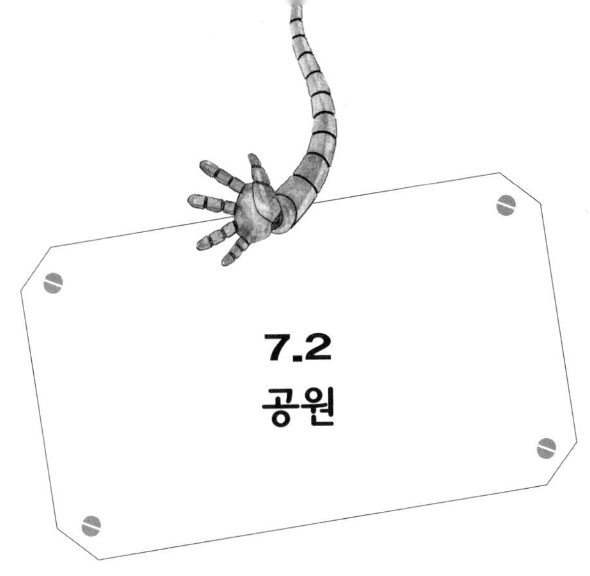

7.2 공원

그사이, 퍼지는 그 지역 지도를 다운로드해서 공원 쪽으로 걸어갔다. 그는 공원이 평온하고 조용한 장소라는 걸 파악했고, 거기서 조용히 있고 싶었다. 퍼지는 사유물과 인도의 개념을 알지 못했고 심지어 길을 건너기 전에 양쪽을 살피는 것도 경험해본 적이 없었다. 그래서 남의 집 잔디를 밟고 지나가거나 배수로를 철벅철벅 걷기도 했고 달리는 차들 사이를 지나가기도 했다. 다행히 그 구역에는 차가 많이 다니지 않아서 몇몇 자동화 차들은 쉽게 그를 비켜갈 수 있었다. 퍼지는 니나 중령의 보안 팀이 따라온다는 사실을 알고 있었지만 거리를 두고 있기 때문에 신경 쓰지 않았다.

공원은 기대했던 것보다는 평온하지 않았다. 하지만 잔디가 있는 곳으로 들어가자 퍼지는 마음 놓고 **복도 내비게이션(), 대상 회피(), 예의바른 행동()** 프로그램을 잠시 꺼둘 수 있었다.

공원에서는 로봇 관리인이 일을 하고 있었다. 윙윙 소리를 내며 진공청소기로 쓰레기를 청소했다. 로봇 관리인은 퍼지를 그냥 지나쳐 갔다. 쓰레기로 보기엔 퍼지가 너무 큰 데다 그 로봇은 쓰레기 외엔 전혀 관심이 없었다.

로봇 관리인이 지나가자 퍼지는 핵심 기능을 제외한 모든 프로그램을 끄고 남아 있는 처리 능력을 온통 **맥스 돕기()** 부분 프로그램으로 집중시켰다.

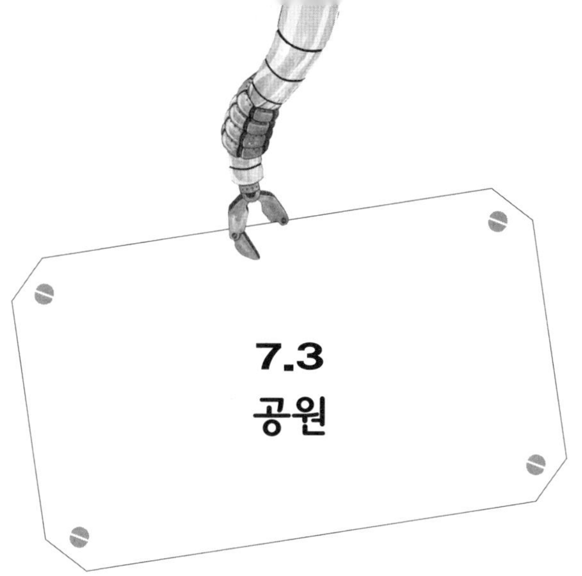

7.3 공원

화물 트럭이 퍼지와 가까운 인도 옆에 멈춰 섰다.

“다행이다!”

배불뚝이 칼이 전자 교란기의 방아쇠를 만지작거리며 말했다.

“잡아서 데려가자!”

“잠깐만.”

발렌티나가 끼어들었다. 그녀는 맹수 같은 눈을 가늘게 떴다. 로봇과는 불과 열 걸음도 떨어지지 않은 거리였다.

결정을 내릴 시간.

발렌티나는 ‘고객’이 제안한 것을 떠올렸다.

로봇 자체의 프로그래밍 코드와 기억 장치가 손상되지 않은 상태로 데려온다면 천만 달러.

코드만 있을 시엔 600만 달러.

발렌티나는 로봇이나 존스 박사의 컴퓨터를 해킹, 코드를 다운로드해서 600만 달러를 손쉽게 벌 수 있는지 알아보려고 제프를 고용했다. 하지만 지금까지 제프는 아무런 도움이 되지 않았다. 그는 여전히 로봇과 존스 박사가 무선 교신에 사용하는 주파수를 추적하지 못하고 있었다. 제프의 주장에 따르면 그것은 안전하고 정확하게 암호화된 군용 주파수임에 틀림없고, 따라서 더 많은 시간과 더 비싼 장비를 들여 로봇을 가까이서 살펴봐야 한다는 것이었다.

600만 달러를 쉽게 손에 쥘 수는 없다는 걸 깨달은 발렌티나는 만약의 경우 로봇을 잡아 가기 위해 칼을 고용했다. 일단 로봇을 손에 넣으면 더 비싼 가격에 흥정할 수 있을 것이다. 발렌티나를 고용한 순쭈 사(社)는 리버스 엔지니어링(완성된 제품을 분석하여 제품의 기본적인 설계 개념과 적용 기술을 파악하고 재현하는 것:옮긴이)으로 지구상에서 가장 뛰어난 로봇 기술을 보유하게 된 회사였다. 여기라면 천만 달러가 훨씬 넘는 돈도 내놓을 것이다.

하지만 큰 위험을 감수할 가치가 있는가?

학교에서 수천 미터 떨어진 곳에서 인터넷으로 파일을 다운로드하는 것에 비하면 이런 대낮에 로봇을 잡아 가는 것이… 훨씬 어렵고 위험할 것 같았다.

"이게 함정인지도 모르잖아." 발렌티나가 큰 소리로 말했다. "그 편이 훨씬 말이 되네."

"그럴 리가 없습니다." 배불뚝이 칼이 단호히 말했다. "아무도 우리가 이 일을 하고 있는 걸 몰라요. 그렇지 않나요? 만약 안다면 보안요원들이 바짝 따라붙었겠죠."

발렌티나는 트럭 뒤편으로 가서 제프를 불렀다.

"제프, 보안요원들은 어디에 있지?"

"보이지 않습니다."

"그들을 봤냐고 묻는 게 아니야. 빌어먹을 쓰레기 같은 기계가 그들의 위치를 파악할 수 있냔 거지."

"아, 네… 군용 주파수대에 잡음이 있습니다. 주파수 변환도 있고요. 굉장히 빨리 움직이는 것처럼 보입니다."

"음, 1킬로미터 안에 있는 저건 뭐지?"

"모르겠어요. 700미터 정도 되는 것 같습니다." 칼이 대답했다.

"빌어먹을! 말도 안 돼."

"잡아서 데려가기에 충분합니다. 제프가 트럭의 배선을 바꾼 거 기억 안 나세요? 이젠 제한 속도를 따르지 않아도 되잖아요."

"그래, 그런데 빌어먹을 미국 육군이 700미터 떨어진 곳에서 SUV 차량에 버티고 앉아 있겠지."

"지금 당장 해치운다면 우리가 한 짓인지 모를 겁니다—"

"그 입 좀 다물어. 생각 좀 해보자고, 어?"

600만 달러… 천만 달러….

"제프, 로봇한테서 뭐라도 얻어냈나?"

"아뇨. 아무것도요."

"좋아, 칼~ 네 말대로 밀어붙여보자."

"네!"

칼이 우렁찬 소리로 대답하고 문 열림 버튼을 누르려 하자 발렌티나가 제지했다.

"워워, 이봐~ 모자부터 뒤집어쓰고 눈을 붙여야지."

칼은 재킷에 달린 모자를 뒤집어썼다. 그러고 나서 스티커 석 장을 떼어내 뺨과 이마에 붙였다. 스티커의 사진은 다른 사람의 눈을 확대한 것이었다. 발렌티나도 똑같이 했다.

제프가 코웃음을 쳤다.

"다들 눈이 다섯 개 달린 거미 같군."

"전 세계 얼굴 데이터베이스에 들어 있는 범죄자처럼 보이는 것보단 낫지." 발렌티나가 말했다.

"그건 당신 생각이죠. 난 유죄 판결을 받은 적이 없어요." 칼이 자기 머리를 톡톡 두드리며 말했다. "범죄자들보단 훨씬 똑똑하다고요."

"어련하시겠어, 아인슈타인 씨. 자, 어서 가서 빌어먹을 로봇을 잡아 와."

트럭 문이 스르륵 열리자 칼이 내렸다.

발렌티나도 몸을 움직였다. 하지만 한쪽 발만 밖으로 내민 상태였다. 위험 상황이 발행할 수도 있으니… 그녀는 칼이 반드시 성공하기를 바랐다.

"제프, 트럭은 준비됐겠지? 탈출 경로도 문제없나?"

"네."

“제어판은 열었고? 이제 ‘출동’만 누르면 되는 건가?”

“네! 물론입니다!”

“좋아. 칼은 전자 교란기를 준비하고— 그런데 정말 필요한 경우가 아니면 사용하지 말도록! 그걸 쓰면 로봇의 데이터가 날아갈 수 있어. 그 데이터는 어마어마한 값어치가 있으니까 조심하라구.”

칼이 퍼지가 서 있는 곳으로 다가갔다.

“실례합니다. 신문에서 본 적이 있는 것 같아서요. 같이 셀카 좀 찍어도 될까요?”

“같이 사진을 찍다니 저야 좋죠.” 퍼지가 대답했다.

7.4 공원

“고마워요. 저쪽으로 가도 될까요? 제 아내도 있거든요.”

칼이 말했다.

“당신이 저를 트럭으로 밀어 넣기 전요? 아니면 후요?”

물론 퍼지는 이번에도 이미 모든 걸 엿들은 상태였다.

“젠장!!!” 발렌티나가 소리 질렀다. “실패!!! 제프, 버튼 눌러!!!”

트럭이 순식간에 쏜살같이 출발했고, 칼은 자신을 두고 달아나는 트럭을 멍하니 바라봤다.

잠시 후 검은색의 SUV 차량 두 대가 거리에 나타났다. 당연히 퍼지가 발렌티나와 칼의 대화를 분석해서 위험을 감지하자마자 그들을 불렀기 때문이다.

SUV 한 대가 끽 하고 서더니 중무장한 군인 네 명이 뛰어내려와 칼이 미처 도망가기 전에 제압했다.

다른 한 대는 멈추지 않고 화물 트럭을 바짝 뒤쫓았다.

하지만 발렌티나는 긴급 탈출 경로를 계획해뒀다. 군인들이 트럭을 따라잡는 데는 몇 분도 채 걸리지 않겠지만 이미 그녀와 제프는 그 안에 없었다.

두 사람은 각각 도주 차량에 올라타 반대 방향으로 질주했다.

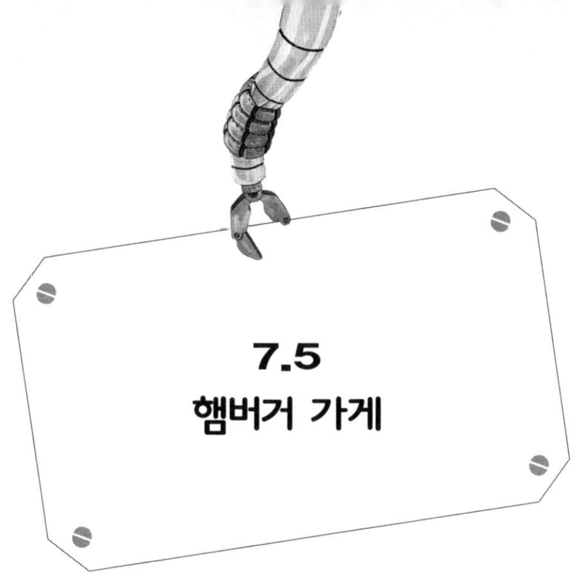

7.5
햄버거 가게

그날 밤 늦게 그들은 300킬로미터 떨어진 햄버거 가게에서 만났다. 발렌티나의 머릿속에는 오직 한 가지 생각밖에 없었다.

"그거 가져왔나?"

"네, 가져왔습니다."

큐스크린을 들어 올리며 제프가 말했다.

"로봇이 존스 박사와 보안요원한테 메시지를 보냈어요. 존스 박사의 주파수는 우리가 찾던 게 확실합니다. 제 생각대로 군용 주파수였어요. 철저히 암호화돼 있어요. 하지만 그걸로 전송을 모니터링할 수 있어요."

"그들의 시스템에서 코드를 다운로드하는 것도 가능한가?"

"문제없습니다… 일단 암호를 풀면요."

"그렇다면 서둘러야겠군."

"그런데 그전에 햄버거부터 먹으면 안 될까요?"

"물론 되지! 내가 사줄게. 고생했으니까."

발렌티나는 기분이 아주 좋았다. 600만 달러를 손에 넣을 절호의 기회였다. 그 대가로 한 명을 잃었지만.

위험을 감수할 만한 가치가 충분했다.

8.1 로봇 통합 프로그램 본부

학교 수업이 끝나자마자, 맥스는 퍼지가 괜찮은지 확인하려고 본부로 향했다. 시메온한테 맡겨둔 채 복도에 퍼지를 두고 온 게 내내 마음에 걸렸다. 더욱이 시메온도 퍼지를 내버려두고 가버린 걸 알았을 때는 죄책감이 들었다.

맥스가 문 앞에 도착하자, 문이 쉬익 하고 열리더니 기술자 네 명이 급히 뛰어나왔다.

“복도에서는 뛰면 안 됩니다!” 바바라 교감의 목소리가 들려왔다. “당신들의 고용주에게 통보가 갈 것입니다….”

맥스는 그들을 따라갈까 생각했지만, 그랬다간 어마어마한 벌점이 부과될 터였다. 그래서 문이 닫히기 전에 안으로 쓱 들어갔다.

“안녕하세요? 실례합니다. 니나 중령님? 존스 박사님?”

존스 박사는 머리를 감싸 쥔 채 한숨을 쉬고 있었고, 니나 중령은 전화로 누군가한테 고함치고 있었다. 그걸 보고 맥스는 얼음이 되었다.

“아… 지금은 좋은 때가 아니구나.” 존스 박사가 말했다.

“그냥 퍼지한테 무슨 일이 있는지만 확인하고 싶어요. 방금 기술자들은 어딜 간 거죠?”

“나가주면 좋겠구나.”

“맥스는 알아도 돼요! 맥스도 퍼지를 걱정하고 있잖아요!”

니나 중령이 수화기를 책상에 집어 던지며 말했다.

“오, 세상에. 퍼지는 괜찮은 거예요?”

맥스는 깜짝 놀랐다.

“그래, 그래. 퍼지는 괜찮아. 몇 가지 이유로 퍼지가 학교를 벗어났고 거의 잡혀 갈 뻔했지.”

“잡혀 가요?”

맥스는 비명을 질렀다.

“거의 그럴 뻔했다고.”

“왜 퍼지를 잡아 가요?”

“퍼지는 굉장히 고가의 로봇이거든… 아주 비싼… 라이더 대령이 곧 날 불러서 그 점을 다시 상기시키겠지.”

“퍼지는 어디 있어요?”

“보안팀이 데리고 있단다. 학생들이 있을 때는 학교에 들어와선 안 되거든. 그래서 기술자들이 퍼지를 데리러 간 거야.”

“퍼지는 왜 밖으로 나간 거죠?”

“넌 학교에서 도망치고 싶은 적 없었니?” 니나 중령이 물었다.

“물론, 있죠. 매일 그런걸요.”

“그래. 퍼지도 같은 이유일 거야.”

“좋은 신호야. 왜냐하면 퍼지가 스스로 생각한다는 뜻이니까.” 존스 박사가 끼어들었다. “하지만 동시에 나쁜 신호이기도 하지. 우리한테 엄청난 문제를 안겨주거든.”

그때 출입구가 열렸다.

“여기 말썽꾼이 오시네.”

니나 중령이 그쪽을 가리키며 말했다.

퍼지가 기술자들을 따라서 걸어 들어오는 게 보였다.

“왜 그러시죠?” 퍼지가 방어적으로 말했다.

니나 중령과 존스 박사는 서로를 쳐다봤다.

“이건 일반적인 로봇 인사법이 아닌데.” 존스 박사가 말했다.

“사람과 아주 비슷하게 들려.” 니나 중령이 말했다.

맥스는 퍼지한테 달려갔다. 퍼지를 대뜸 끌어안고 싶었지만 왠지 어색하게 느껴졌다. 퍼지한테 포옹 부분 프로그램도 있을까? 그래서 맥스는 퍼지 앞에 우뚝 멈춰 서서 말했다.

“퍼지! 다시 보게 돼서 기뻐.”

“나도 기뻐, 맥스. 네 시험 성적에 대해 생각해봤는데—”

“어험!” 존스 박사가 끼어들었다. “그건 잠깐만 기다려봐! 더 큰 문제가 생겼어!”

“제가 뭘 도와드리면 되는지 알려주세요.”

퍼지는 여기저기 돌아다니다가 납치를 당할 뻔한 것치곤 너무나 차분했다.

“그래, 음. 무엇보다 퍼지 네가 학교를 벗어난 일로 우린 아주 화가 났단다. 앞으로 나나 니나 중령의 허락 없인 절대 그런 행동을 하면 안 돼.” 존스 박사가 말했다.

“그리고…” 니나 중령이 힘주어 말했다.

“그리고… 너한테 아무 일이 생기지 않아서 기쁘구나.” 존스 박사가 덧붙였다.

“감사합니다. 저도 기뻐요.”

“잠깐만. 너, 지금 기쁘다고 말했니? 방금 맥스한테도 그랬고. 기쁨은 인간의 감정이야.” 니나 중령이 말했다.

“제 생각을 인간의 언어로 변환했어요. 하지만 맞아요. 그 말이 가장 적당하다고 생각해요. 만일 잡혀 간다면 최우선 모드에서 벗어나 생존을 위해 에너지를 집약해 방어하고 무기를 사용하는 모드로 전환해야만 하겠죠.”

“그게 무슨 뜻이야?” 니나 중령이 흥분해서 물었다.

“제 생각을 인간의 언어로 다시 변환해도 될까요?”

“물론!”

“네. 그런데, 당신은 몰라도 돼요.”

“맙소사! 이건 처음이야! 자기를 작동시키는 사람한테 정보를 감추는 로봇은 처음이라고!” 존스 박사가 말했다.

“내가 얘기했잖아요. 인공 십대라고!” 니나 중령이 대답했다.

"믿을 수가 없어. 우린 거의 다 해냈어. 한 주만 더 있으면 완벽하게 성인 수준의 인지 능력을 갖게 될 거야. 어쩌면 며칠 안에 가능할 수도 있고!" 존스 박사가 말했다.

"으흠. 우선, 진정하세요. 이건 분명 큰 성과지만 아직 갈 길이 멀어요. 그리고 당신은 퍼지의 발전을 모두 지워버리려 한 걸로 기억하는데요?" 니나 중령이 말했다.

"뭐라고요?"

"당신은 연방교육위원회 사람한테 퍼지를 재프로그래밍하겠다고 약속했잖아요. 퍼지의 재량을 모두 없애고 학교 중앙 컴퓨터의 꼭두각시 로봇으로 만들려 하지 않았나요?"

"뭐라고요?"

맥스는 놀라서 숨이 막힐 것 같았다.

"이런, 젠장…." 존스 박사가 머리를 움켜잡으며 중얼거렸다.

"그 말은 기쁘지 않은데요. 바바라 교감은 미쳤어요." 퍼지가 말했다.

"이것도 좋은 징조! 모든 십대들은 바바라 교감이 미쳤다고 생각하지!" 니나 중령이 말했다.

"제 분석에 따르면, 바바라 교감은 자기 나름의 이유로 어떤 학생은 통과시키고 어떤 학생은 낙제시키려고 의도적으로 채점을 잘못했어요."

"뭐라고???"

퍼지의 말에 맥스는 경악했다.

"퍼지, 만약 그게 사실이라면 학교의 소프트웨어 시스템이 너보다도 상당히 진보된 상태라는 건데… 그건 불가능해." 존스 박사가 말했다.

"그렇지만 그건 타당한 의심이에요. 아마 약간의 문제가 생겼을 수도—" 니나 중령이 말했다.

"좋아, 그렇다고 칩시다!" 존스 박사가 못마땅하다는 듯 고함쳤다. "나도 타당한 의심이 있어요. 우린 오늘 퍼지를 잃어버릴 뻔했어요. 라이더 대령이 한 시간 안에 나한테 전화해서 호통 치겠지. 그리고… 퍼지가 계속 교칙을 위반했기 때문에 학교 관계자들이 우리를 퇴출시킬 수도 있어요."

"저는 교칙을 위반하지 않았어요."

"아!" 존스 박사가 또다시 머리를 움켜잡았다. "그럼 오늘 대낮에 학교 밖을 돌아다닌 건 뭐라고 할 거냐? 또 네가 받은 교칙 위반 벌점 리스트는 전부 뭐라고 할 건데? 네가 오늘 벌점을 엄청나게 받는 바람에 오후 내내 교육감한테 호되게 질책을 받았어! 교칙 위반 벌점 중에서도 교육감이 가장 화가 난 건 네가 또 넘어졌다는 거야. 이건 법적 책임의 문제야."

"저는 넘어지지 않았어요."

"아니, 넌 확실히 넘어졌어!"

"저는 넘어지지 않았어요."

"퍼지. 존스 박사님 말이 맞아!" 니나 중령이 걱정스러운 눈빛으로 퍼지를 바라보며 말했다. "네가 넘어지는 장면을 우린 보지 못했다. 그래서 너한테 내장되어 있는 기록을 돌려봤어."

"그렇다면, 제가 넘어진 게 아니란 사실을 아실 텐데요. 누군가 저를 밀쳤고 바바라 교감이 저를 때려눕혔어요."

"이거, 일이 우습게 돼가는군. 학교 소프트웨어는 그저 소프트웨어일 뿐이야. 컴퓨터 프로그램. 알겠니, 퍼지? 네 말처럼 그게 미쳤다고 쳐도 널 때려눕힐 순 없어." 존스 박사가 말했다.

"하지만, 그럴 수 있어요!" 맥스가 끼어들었다. "바바라 교감은 패드가 덧대진 팔을 갖고 있어요. 그러니까… 음… 학생들을 도와주는 팔이 벽에서 나와요. 그리고 바바라 교감은 우리가 한 번도 본 적 없는 다른 것들도 여럿 갖고 있어요. 벽보 나부랭이를 청소하는 그런 거 말이에요. 학교 곳곳에요!"

"그러니까 기본적으로, 학교 전체가 미친 컴퓨터에 의해 통제되고 있고 지금 우린 모두 정신이 이상한 로봇 몬스터 내부에 있다는 거네?" 니나 중령이 말했다.

순간, 모두가 우두커니 서서 마치 벽이 쓰레기 분쇄 압축기처럼 자신들을 조여오는 건 아닌지 둘러봤다.

다행히 아무 일도 일어나지 않았다.

"좋아…" 존스 박사가 말했다. "내 생각엔 우리 모두가 약간 이상해진 것 같구나. 이 건물은 킬러 로봇이 아니라 그냥 학교야. 그리고 바바라는 교묘하게 시험 성적을 조작하는 미친 존재가 아니라 교감선생님이야. 퍼시, 좋든 싫든 넌 바바라 교감의 말을 들어야만 해… 최소한 앞으로 며칠 동안은."

"그럴 수 없어요."

"알았다, 퍼지. 나도 그건 싫구나. 하지만 이 학교에서 경험하는 게 우리 생각보다 훨씬 효과가 있어. 그래서 우린 중간에 그만두고 싶지 않다. 네가 학교에 계속 머무르려면 모든 교칙을 따라야 해. 결론적으로 바바라 교감에게 복종해야 하는 거지."

"그럴 수 없어요. 인간의 언어로 다시 말할게요. 젠장, 안 된다고요!"

"알았다, 젠장!"

존스 박사가 씩씩거리는 걸 보고 니나 중령이 키득거렸다.

"하나도 재밌지 않거든요! 퍼지가 그걸 받아들일 수 있게 스스로를 프로그래밍할 수 없으면 우리가 억지로 코드를 입력해야만 한다고요. 뭔가가 아주 거꾸로 돌아가고 있어요!"

"그건 돌파구가 되지 못해요! 당신이 만약 퍼지를 재프로그래밍해서 모든 교칙을 준수하게 한다면 오히려 퍼지를…."

"퍼지를 뭐요?" 존스 박사가 말을 끊었다. "로봇으로 만들어버리는 거라고요?"

"네, 맞아요. 당신은 퍼지를 스스로 생각할 수 없게 만들고, 결정도 할 수 없게 만드는 거예요. 퍼지가 다른 학생들로부터 습득한 인간의 특성을 모두 망쳐버리는 거라고요. 우리의 애초 목표를 생각해봐요. 우린 모범생을 만드는 게 아니라—"

"제군들!"

갑자기 목소리가 들려왔다.

니나 중령과 존스 박사는 주변을 두리번거렸고 퍼지는 누구인지 확인하기 위해 머리를 180도 돌렸다.

아돌푸스 라이더 대령이었다.

니나 중령이 허리를 곧추세우고 경례했다.

"라이더 대령님!"

존스 박사는 겁먹은 게 아니라 열렬히 환영하는 것처럼 들리게 하려고 애썼다. 물론 존스 박사는 굉장히 두려워하고 있었다. 라이더 대령은 무서운 인물이었다. 덩치가 큰 그는 옛날엔 거친 군인이었으며, 전장에서 복무를 마치고 돌아온 뒤에도 전혀 달라지지 않았다.

하지만 라이더 대령은 존스 박사를 맹비난할 생각은 아닌 것 같았다… 아직은.

"니나 중령! 자네가 하려는 말은 중대 기밀 사항이다."

"네, 대령님. 저는 단지—"

"자네 생각 역시 기밀 사항이다. 이 꼬마는 여기서 뭐 하고 있는 거지?"

"맥신 젤라스터입니다, 대령님. 우리를 도와주고 있습니다—"

"나가!" 대령이 큰 소리로 말했다. "상병, 아이를 내보내!"

완전무장을 한 여자가 맥스한테 다가왔다.

"그럼 안녕히 계세요."

맥스는 인사하고 문으로 향했다. 퍼지도 맥스를 따라갔다. **맥스 돕기()** 프로그램에 따라 맥스와 상의할 게 있었다.

"로봇! 넌 여기 있어!" 라이더 대령이 고함쳤다.

맥스는 혼자 문 밖으로 나갔다. 뒤에서 라이더 대령의 목소리가 들려왔다.

"좋아, 존스 박사! 제기랄, 대체 뭐가 어떻게 된 건지 다 말하는 게 좋을 거요."

"제기랄, 대체 뭐가 어떻게 된 거냐고?"

맥스는 혼잣말로 중얼거렸다.

"부적절한 언어의 사용으로 교칙 위반 벌점이 M. 젤라스터에게 부과되었습니다."

"아아아아아아아!!"

맥스는 벌점이 또 부과되든지 말든지 소리를 질러버렸다.

(물론 벌점이 부과되었다. 사실 바바라 교감은 최근 퍼지는 물론이고 존스 박사, 니나 중령, 모든 기술자들, 심지어 라이더 대령에게까지 벌점을 부과하느라 바빴다.)

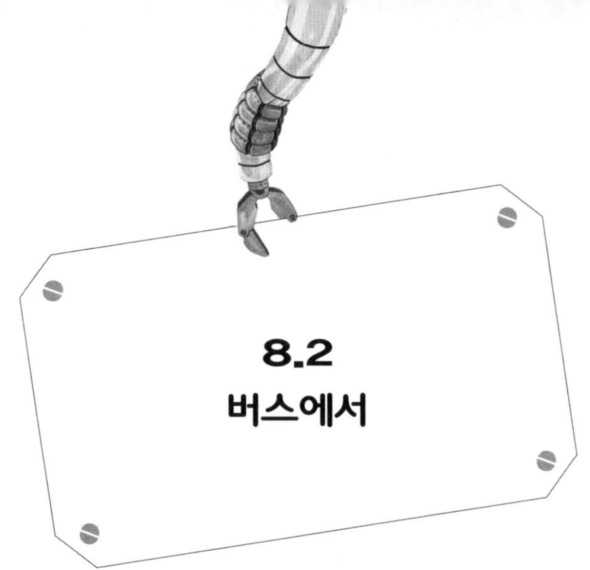

8.2 버스에서

맥스는 로봇 통합 프로그램 본부로 돌아가 니나 중령에게 정말로 무슨 일이 있었는지 물어보고 싶었다. 하지만 버스를 놓치면 부모님 중 한 분이 맥스를 데리러 와야 하는데 그러긴 싫었다. 그래서 맥스는 다른 아이들처럼 줄을 서서 버스에 올랐다.

잠시 후 시메온이 슬그머니 다가왔다.

"맥스, 퍼지한테 무슨 일 있어?"

"네가 퍼지를 내버려두고 간 다음에 퍼지는 본부로 돌아갔어. 그것 말고 무슨 일이 있었는지는 말해줄 수 없어."

"하지만 군인들—"

시메온이 말하려는 걸 맥스가 끊었다.

"모른다고. 야, 혼자서 생각 좀 하고 싶거든."

"알았어. 그렇게 빡빡하게 굴 것 없잖아. 그냥 물어보는 건데."

맥스는 생각할 게 너무 많았다. 퍼지의 납치 미수, 존스 박사와의 논쟁, 퍼지를 재프로그래밍하려는 위협. 무엇보다 니나 중령이 뭐라고 말할지가 가장 궁금했다.

"애초 목표를 생각해봐요. 우린 모범생을 만드는 게 아니라—"

그럼 뭘 만든다는 거지? 학교에 적응시키려는 게 아니고?

니나 중령이 말하려는 건 확실히 그게 아니었다. 그렇지 않으면 무시무시한 군인이 왜 그렇게 기밀 사항이라고 소리쳤겠는가?

맥스는 시메온이 물었던 것과 똑같은 질문을 스스로에게 던졌다. 군인들은 거기서 대체 뭘 하고 있는 거지? 보안요원들은 왜 학교 주변에 잠복해 있는 거지? 그들은 로봇을 학교에 통합시키려는 것일까? 아니면 로봇의 기능을 발전시키기 위해 학교를 이용하려는 것일까?

그들은 로봇을 어디에 쓰려는 걸까? 군대? 퍼지는 로봇 군인이 되는 건가?

그건 불가능해 보였다. 그들이 만든 로봇은 군인보다는 오히려 얼간이에 가까웠다. 어쩌면 로봇 얼간이 부대가 필요한 것인가?

너무나 바보 같은 생각이라 웃음도 안 나왔다.

"맥스 학생! 정류장에 도착했어."

이런 망신이 있나!

맥스가 나갈 수 있도록 시메온이 통로 쪽으로 다리를 비켜줬다.

"시메온, 미안. 내일 다 말해줄게. 나부터 이해가 간다면 말이야."

이제 부모님과 만날 시간이 되었다. 바바라 교감이 오늘 하루 종일 받은 벌점을 부모님에게 문자로 알려줬을 거라고 생각하니 맥스는 마음이 어수선했다. 연방교육위원회에서 나온 여자 선생님과 부모님은 퍼지에게서 떨어지라고 말했지만… 맥스는 오늘도 퍼지와 함께 있었다.

그것은 맥스한테 또 다른 것을 상기시켰다. 아까 존스 박사가 했던 말이 떠올랐다.

"우린 거의 다 해냈어."

거의 다 해냈다고? 뱅가드 중학교에서?

그 말은 퍼지도 여기서 거의 다 해냈다는 말인가? 떠날 때가 됐다는 건가?

안 돼. 퍼지는 떠날 수 없어!

하지만 퍼지는 떠날 것이다. 아니면 그들이 데려가겠지. 둘 다 큰 차이가 없는 말이었다.

퍼지가 처음 나타났을 때 맥스는 최첨단 로봇을 가까이서 보고 어쩌면 상호작용을 할 수도 있을 것 같아서 신이 났었다. 그리고 처음으로 로봇과 함께 걸었을 때 마치 새로운 장난감이 생긴 것 같았다.

하지만 지금은… 불과 일주일밖에 지나지 않았는데… 퍼지가 떠나버린다면… 그저 장난감을 하나 잃어버리는 정도가 아니었다. 맥스는 깨달았다. 가장 친한 친구를 잃는 것과 다름없다는 걸.

8.3 로봇 통합 프로그램 본부

맥스는 괴로운 저녁 시간을 보냈지만 존스 박사와 니나 중령은 맥스보다 더 힘들었다.

라이더 대령은 존스 박사가 한 모든 일에 화를 냈지만 그중에서 퍼지가 학교를 벗어나게 놔둔 것에 가장 화가 나 있었다.

"자네은 지금 납세자들이 낸 수억 달러를 그냥 길에 걸어 다니게 놔뒀단 말인가?"

"보안팀이 퍼지 뒤에 딱 붙어 있었습니다." 니나 중령이 말했다.

"보안팀 좋아하시네! 멀찌감치 뒤에 있으라고 했겠지… 더 자세히 보고하지 않으면, 자네들한테 무슨 꿍꿍이가 있다고 의심할 수밖에 없어!"

"꿍꿍이라뇨?"

존스 박사가 침을 꿀꺽 삼켰다.

"수억 달러짜리 로봇을 훔치려는 시도가 있었다고!"

그렇게 한참을 추궁하던 라이더 대령은 이제 고함치는 데 그치지 않고 협박을 하기 시작했다.

"그걸 가져가야겠소."

"가져간다고요?"

"존스 박사, 왜 내 말을 못 알아듣는 척하는 거요? 그것! 로봇 말이오! 지금 가져가겠소."

"뭐라고요? 왜요?"

"무엇보다, 자네들이 또 그걸 잃어버리는 일은 없어야 하니까."

"저흰 잃어버린 적 없습니다."

"대령님, '그것'이란 말씀은 말아주십시오. 퍼지가 다 듣고 있습니다. '그'라고 표현해주시면 좋겠습니다."

"좋아. 어쨌든 절대로 다시는 그를 잃어버리면 안 돼! 기한이 다가오고 있다는 걸 알고 있겠지? 마지막으로 몇 가지 실험을 더 해보고 싶군…."

"대령님, 똑같은 실험을 다시 할 필요는 없습니다. 그는 이 과업들을 위해 2년간 프로그래밍됐습니다. 이 부분 프로그램들은 그의 핵심 코드 중 일부로, 마지막 버전에서 남겨진 것입니다."

"뭐라고? 설마 지난번 로봇의 코드를 사용한다는 얘긴 아니겠지? 그 쓸모없는―"

라이더 대령이 소리를 빽 질렀다.

"음." 니나 중령이 끼어들었다. "이 로봇은 굉장히 놀랍습니다.

실험을 바꾸면 그도 바뀝니다. 지금 저희가 진행 중인 일을 마치게 해주신다면 훨씬 똑똑해질 겁니다."

"고마워요, 니나 중령님." 퍼지가 몸을 일으키며 말했다.

퍼지가 거기 있다는 걸 깜빡했던 라이더 대령이 자리에서 일어서며 말했다.

"알았소. 그를 데리고 있어도 좋지만 바깥에 돌아다니는 건 절대 용납할 수 없어!"

"하지만 학교를 왔다 갔다 하려면 외출을 해야—"

"그거야 그렇지. 어쨌든 학교 안에만 머물게 하도록. 얘기 끝. 그리고 그는 다음 주까지만 이곳에 있을 거요."

"네? 다음 주요?"

"말했잖소, 존스 박사. 마감 기한이 다가오고 있다고. 위에서 내려온 지시야. 뭔가 이유가 있겠지. 일급 기밀 사항이야. 각자 맡은 일에 착수해서 최대한 빨리 준비하도록!"

몸을 돌려 문 쪽으로 저벅저벅 걸어가다 말고 라이더 대령이 고개를 돌렸다.

"더 이상 실수는 용납하지 않는다. 또 실수했다간 계급 강등당할 각오 하라구."

니나 중령에게 그렇게 고함친 뒤 존스 박사를 가리키며 말했다.

"그리고 당신은 해고하고, 고소할 거요. 반역죄로 체포할 수도 있소."

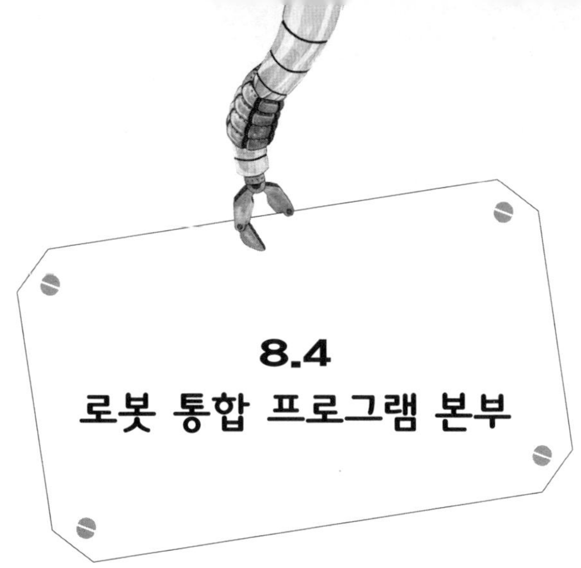

8.4 로봇 통합 프로그램 본부

라이더 대령이 나가고 문이 닫히자, 존스 박사는 의자에 털썩 주저앉아 신음하듯 중얼거렸다.

"머리야… 아이고 머리야…."

"박사님, 잠깐만요." 퍼지가 물었다. "저는 대령님 말씀이 이해가 안 되는데요. 다음 주에 제가 어디로 가는데요?"

존스 박사가 니나 중령을 쳐다봤다.

니나 중령도 존스 박사를 쳐다봤다.

"그 얘기는 하면 안 돼요." 니나 중령이 말했다.

"때가 되면 임무에 필요한 모든 데이터를 가져다줄 거다." 존스 박사가 퍼지를 보며 말했다.

"그리 기쁜 소식은 아니네요." 니나 중령이 말했다.

"나도요. 하지만 당신한테 임무를 부여하는 건 라이더 대령이에요. 내가 할 일은 어떤 임무든 스스로 처리할 준비가 된 로봇을 내놓는 거고요. 만약 실패하면 어떻게 되는지 들었을 텐데요."

퍼지는 잠자코 있었다. 그의 머릿속은 **맥스 돕기()** 부분 프로그램에 대한 계획을 생각하고 일주일 안에 그것을 실행할 수 있을지 분석하느라 온통 정신이 없었다.

"그리고…" 존스 박사가 말을 이어갔다. "임무를 완수하려면 반드시 네가 교칙을 지켜야 해. 그래야 학교에 남아 있을 수 있어."

그건 퍼지도 생각하고 있었다. 학교에 머무르는 건 **맥스 돕기()** 계획의 핵심이니까.

"좋아요. 교칙을 따를게요." 퍼지가 대답했다.

"그럼 네가 직접 교칙을 따르게끔 재프로그래밍할래? 아니면 우리가 해줄까?"

"제가 할게요. 벌써 학교 정책 안내서를 받아 코드화했어요."

"그래. 그 정도야 식은 죽 먹기겠지!"

"난 아직도 내키지 않아." 니나 중령이 말했다. "퍼지, 일단 여기선 교칙을 꺼두는 걸로 코드를 만들어. 우리가 가장 원하는 건 네가… 그러니까 임무를 수행하는 동안만 교칙을 따르는 거란다."

"걱정 마세요. 교칙을 꺼두는 건 아주 쉬운 일이니까요."

니나 중령은 이상한 점을 알아차렸다. 퍼지가 인간이 흔히 강조할 때 쓰는 '아주'라는 단어를 쓰고 있었다. *퍼지가 확실히 퍼지 논리를 감 잡았군.* 니나 중령은 슬며시 웃으며 생각했다.

9.1
교장실

다음 날 아침 맥스가 간신히 교문을 통과했을 때, 큐스크린에 불이 들어왔다. 교장실로 오라는, 도르가스 교장선생님의 메시지였다.

"젠장!" 맥스는 못마땅한 얼굴로 중얼거렸다. "이번엔 또 뭐지?"

많은 아이들이 맥스를 쳐다봤다. 물론 빅스도 그 속에 있었다. 맥스는 빅스가 입을 열면 바로 틱틱거리며 쏘아붙일 준비가 되어 있었다. 하지만 놀랍게도 빅스는 아무 말도 안 했고, 맥스의 심정이 어떨지 다 안다는 표정이었다.

이번에는 바바라 교감의 교칙에 어긋나지 않게 뛰지 않고 복도를 지나갔다. 맥스는 오로지 어떻게 하면 하루 종일 벌점을 받지 않을 수 있을까만 생각했다. 왜냐하면 더 이상은 부모님의 호통을 듣고 싶지 않았기 때문이다.

교장실 앞에는 로봇 접수원이 키보드를 두드리고 있었다. 한 손으로는 서류를 이리저리 뒤적이면서 서랍을 열었고 다른 한 손으로 맥스한테 안으로 들어가라고 손짓했다. *저 얼굴 없는 접수원은 독립된 하나의 로봇일까, 아니면 바바라 교감의 일부분일까?* 맥스는 궁금해졌다. 전에는 한 번도 생각해본 적이 없었지만 바바라 교감은 맥스가 들어가도록 열렸다가 자동으로 닫히는 교장실 출입구를 비롯해서 모든 것을 통제하고 있는 게 틀림없었다.

맥스는 책상 앞에 앉아 있는 도르가스 교장선생님을 발견했다.

"도르가스 교장선생님, 이번에는 분명히 문으로 걸어왔습니다. 벌점이 부과될 일은 없겠죠?"

"젤라스터 학생, 잠깐만 앉도록 하지."

맥스는 자리에 앉았다.

"벌점에 관한 얘기가 아니야…."

"아니라고요?"

"아니야. 로봇 통합 프로그램에 대한 거란다. 네가 알고 있는지 모르겠지만 뱅가드 중학교는 로봇을 데리고 있는 대가로 꽤 많은 보조금을 받고 있다."

"정말요?"

"그래. 그것도 아주 많이. 하지만 최근에 한두 가지 문제가 생겼지… 그래서 기간을 앞당긴다는 얘기가 나왔다… 그러니까, 그 말은 우리가 받는 보조금도 축소된다는 거야. 무슨 말인지 이해가 가니?"

"네."

"방금, 시메온이 로봇을 안내하는 일을 잘 해내지 못해서 문제가 생겼다는 보고를 받았다. 그런데 얼마 전에 너한테 그 일을 맡겼던 게 생각나서 널 불렀다."

"네. 하지만 브록마이어 씨는 제가 그 일을 그만둬야 한다고 하던데요."

"그으래." 교장선생님이 천천히 말을 이었다. "브록마이어 씨는 늘 일을 그런 식으로 처리하지. 그런데 중요한 건… 존스 박사는 네가 돌아오길 기다린다는 거야."

"진짜요?"

맥스는 깜짝 놀랐다. 전날 밤 통제 본부를 나온 뒤로 존스 박사와 니나 중령, 그리고 퍼지가 어떤 상황인지 전혀 알 수 없었다.

"정말이다. 브록마이어 씨의 주장도 일리가 있지만, 보조금을 가져오는 사람은 바로 존스 박사야. 그러니까…."

"네?"

"로봇을 안내하는 일을 다시 해주겠니?"

맥스는 순간 가슴이 설레었지만 이내 현실을 직시했다.

"아— 그런데… 저는 그 일을 다시 하고 싶은지도 잘 모르겠어요."

맥스는 망설였다.

"뭐라고?"

"벌점 때문에요. 퍼지를 도우면서 너무 많이 쌓였거든요."

"퍼지?"

"로봇의 이름이에요."

"그러니까, 네가 RIP를 도우려 할 때마다 바바라 교감이 벌점을 줬단 말이지?"

"아주 많이요."

"왜 얘기하지 않았니? 바바라 교감은 일상에서 일어나는 변화를 자동으로 이해하는 기능은 없단다. 내가 벌점을 다 지워주마… 바바라 교감! 삭제 모드. 지난주에 M. 젤라스터한테 부과된 벌점을 지우시기 바랍니다. 그리고 공동체의식 점수는 올려주시고요. 알겠나요?"

교장선생님이 말하자 책상에 설치된 큐스크린에 불이 들어왔다.

"메시지를 수신했습니다."

바바라 교감의 웃는 얼굴이 나타났다가 대답하고 재빨리 사라졌다.

맥스는 믿을 수가 없었다. 마치 복권에라도 당첨된 것 같았다.

행운을 좀 더 믿어볼까. 맥스는 생각했다.

"아, 교장선생님, 브록마이어 씨는 제 시험 성적을 걱정하시던데요. 그게—"

"미안하지만, 그건 스스로 알아서 해야 한다. 다른 아이들처럼 공부해야지!"

맥스는 억지웃음을 지어 보이며 교장선생님에게 안녕히 계시라고 인사했다. 그런 뒤 문으로 향하다가 고개를 돌려 물어봤다.

“그냥 궁금해서 그러는데요. 정부에서 나오는 보조금은… 연방 교육위원회에서 나오는 건가요?”

“설마 그런 인색한 데서? 말도 안 돼. 이건 정부 부처 돈이야. 거액이지!”

“정부 부처 돈요?”

“그래, 국방부. 너도 알잖니. 육군, 해군, 국토안보부… 그들은 교육에 많은 돈을 투자한단다. 똑똑한 학생은 곧 똑똑한 군인이라고 보거든.”

하지만 이 프로그램은 똑똑한 학생과는 상관없고 똑똑한 로봇에 대한 건데. 맥스는 생각했다. 니나 중령이 정부가 더 똑똑한 로봇을 원한다는 말은 했지만 그 로봇이 군인이 될 거라고 말한 적은 없었다.

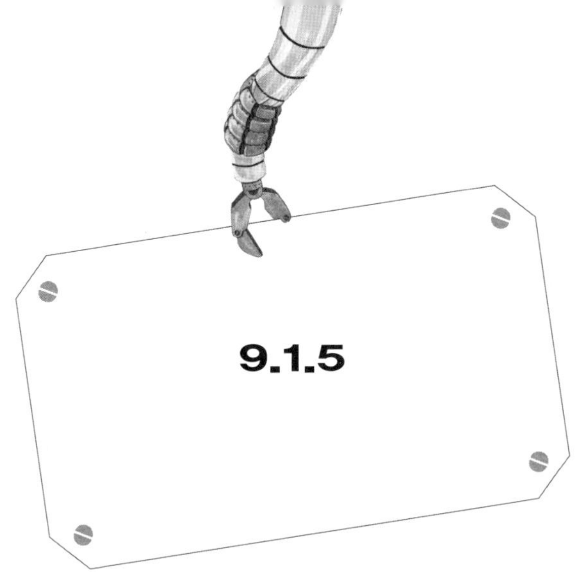

당연히 바바라 교감은 맥스의 벌점을 삭제하지도, 공동체의식 점수를 올리지도 않았다. 오히려 맥스한테 다운그레이드 점수를 부여했다.(물론 도르가스 교장에게도.)

다운그레이드 점수는 원래 바바라 교감에게 프로그래밍된 부분이 아니라 그녀 스스로 만들어낸 것이었다.

바바라 교감은 퍼지처럼 처음부터 스스로 재프로그래밍하도록 고안되지는 않았다. 그저 학교를 운영하고 교칙을 실행하고 학생 데이터를 추적하도록 만들어졌다. 여기서 데이터란 수업 스케줄, 성적과 같은 기본적인 것보다는 훨씬 복잡한 것들이다. 예를 들면 복도를 걸어가는 평균 속도나 다른 학생들과 상호작용하는 횟수처럼.

학생 개개인과 학교 전체를 위해 '학습 환경'을 향상시키려고 그 데이터를 모두 활용하는 것이 연방교육위원회의 계획이었다. 그렇게 수집된 데이터는 전국 학교의 수준을 끌어올리는 데 주로 사용되었다.

매우 영리한(자신이 영리하다고 생각하는) 프로그래머는 바바라 교감에게 학생 데이터를 직접 분석하고 그것을 추적하는 새로운 방법을 만들어내도록 능력을 부여한다면 훨씬 더 나은 결과를 가져올 거라고 생각했다. 그렇게 해서 바바라 교감은 수집하도록 프로그래밍된 모든 데이터에 더해서 전체 학교 성과에 영향을 줄 수 있는 그 어떤 데이터도 수집할 수 있도록 새로운 부분 프로그램을 만들게 되었다.

이 프로그래머는 그렇게 하면 훨씬 흥미로운 것을 발견할 수 있으리라고 생각했다. 초콜릿 우유 대신 흰 우유를 마신 학생들이 오후 시험에서 더 나은 성적을 받는다든지…. 하지만 프로그래머의 생각은 중요하지 않다. 지금 가장 중요한 것은 바로 바바라 교감의 생각이다.

바바라 교감은 어떤 학생이 모범생인지 알아내는 데 오래 걸리지 않았다. 모범생들은 시험에만 신경 쓰고 다른 아이들도 그렇게 하도록 분위기를 만든다. 그들은 교칙대로만 움직이고 절대 다른 아이들의 시험에 방해가 되는 행동을 하지 않는다. 그들은 지속적인 업그레이드 점수를 잘 받는 부류이고 학교 전체 #CUG 점수에도 큰 도움이 된다.

인간의 언어로 하자면, 주목을 받기엔 너무나 재미없는 아이들이다. 고분고분하지 않은 아이들은 이런 아이들을 보통 '범생이'라고 부른다.

바바라 교감은 이 재미없는 아이들에게 새로운 종류의 점수인 업그레이드 점수를 매기기 시작했다. 학생들은 조용히 앉아 있거나 어두운 계열의 옷을 입고 복도에서 일정한 속도로 걸어 다니고 사물함을 깔끔히 정돈해두면 업그레이드 점수를 받을 수 있었다.

영리한 프로그래머는 바바라 교감이 몇 년 동안에 걸쳐 이런 것들을 발견하리라고 생각했지만 바바라 교감은 단 며칠 만에 죄다 파악했다.

바바라 교감에겐 학교가 지속적으로 업그레이드되어가고 있는지 파악하는 수많은 공식이 있었다. 심지어 공식 안에 공식이 또 있는 경우도 있었다.

최종 목표는 완벽한 성적을 올리고 교칙 위반 문제가 하나도 없는 학교를 만드는 것이다. 만약 전교생이 업그레이드된다면 바바라 교감은 목표에 더 가까이 다가간 셈이다. 최고의 학생들로 구성된 최고의 학교.

하지만 모든 학생이 최고의 학생은 아니며, 또한 모두가 업그레이드 점수를 받을 수준이 되는 건 아니다.

어떤 학생은 조용히 앉아 있지 않는다.

어떤 학생은 요란한 색상의 옷을 입는다.

어떤 학생은 일정한 속도로 복도를 걷지 않는다.

어떤 학생은 큰 목소리로 말한다!

어떤 학생은 시험에 신경 쓰지 않는다!!

어떤 학생은 다른 아이들이 시험에 집중 못 하도록 방해한다!!!

바바라 교감은 지속적인 업그레이드가 되지 못하는 학생들을 잽싸게 알아차렸다. 이 학생들의 행동으로 인해 바바라 교감의 공식은 원활하게 적용되지 않고 학교도 다운그레이드되어버렸다.

이 학생들에겐 다운그레이드 점수가 부여되었다.

대부분의 학생들은 업그레이드와 다운그레이드 점수를 고루 받았다.

바바라 교감은 이런 학생들이 인내심을 갖고 업그레이드할 수 있도록 이들의 행동에 영향을 줄 수 있는 방법을 찾았다.

하지만 어떤 학생들은 업그레이드 점수보다 다운그레이드 점수가 훨씬 높았다. 맥스의 친구였던 타비가 바로 그런 경우였다. 맥스는 타비를 좋아했는데 특이하고 엉뚱한 구석이 있기 때문이었다. 타비는 홀치기염색이 된 옷을 입고 팔짱을 끼고 다녔고 과일에 케첩을 뿌려 먹으며 종종 드럼을 연주하는 시늉을 하기도 했다. 정신 나간 행동으로 아이들을 웃기는 데 선수였다.

바바라 교감은 바로 그런 이유로 타비를 싫어했다. 타비는 자기만 다운그레이드 점수를 받은 게 아니라 다른 아이들도 그렇게 하도록 부추겼다.

그래서… 바바라 교감은 필요한 데이터(타비의 시험 성적과 공동체 의식 점수)에 손을 냈고, 이내 타비는 더 이상 학교를 다운그레이드시킬 수 없었다. 왜냐하면 학교를 떠나게 되었기 때문이다.

타비가 떠나자 바바라 교감의 알고리즘은 학교 전체의 #CUG 점수가 a+.2점 상승했다고 알려줬다. 바바라 교감은 프로그래밍된 대로 한 것이다. 학교를 조금 더 완벽해지도록 만든 셈이다.

하지만 바바라 교감은 거기서 멈추지 않았다. 타비의 파일을 전부 삭제하고 업그레이드보다는 다운그레이드가 될 가능성이 있는 학생과 교직원에게 집중했다.

맥스는 그런 학생 중 하나였다.

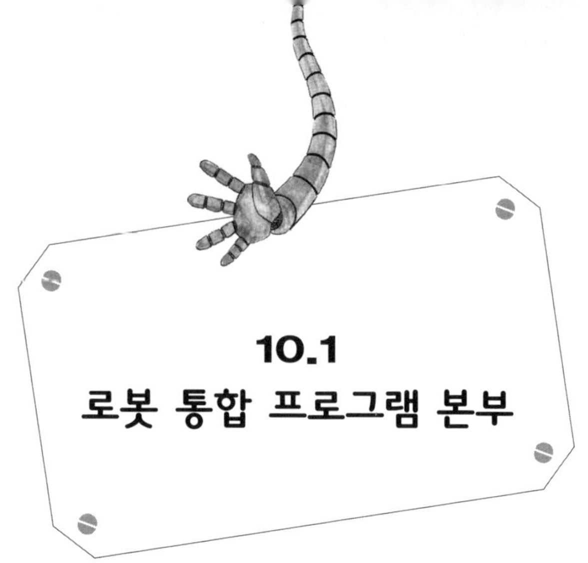

10.1 로봇 통합 프로그램 본부

"안녕, 맥스! 너를 다시 만나서 기뻐."

충전기에 연결되어 있는 상태로 퍼지가 인사를 건넸다.

"나한테는 만나서 반갑다는 말을 한 적이 한 번도 없는데."

존스 박사가 니나 중령에게 볼멘소리로 속삭였다.

그게 퍼지 잘못인가? 니나 중령은 생각했다.

"이리 와보세요. 퍼지가 밤새 작성한 새로운 교칙 준수 코드를 살펴봅시다."

방의 저쪽 편에 있는 큐스크린으로 존스 박사를 밀며 니나 중령이 말했다.

"무슨 일이에요?"

퍼지로부터 떨어뜨려놓으려는 손짓에 어리둥절해서서 존스 박사가 물었다.

"인공지능 십대라 해도 때로는 혼자 있고 싶은 법이에요."

니나 중령의 귓속말에 존스 박사는 눈이 휘둥그레졌지만 순순히 시키는 대로 했다.

"너한테 할 얘기가 있어! 엄청난 거야!" 맥스가 말했다.

"나도 해줄 말이 많아." 퍼지가 대답했다.

"그보다 너, 나한테 화났니? 왜 학교를 나가버린 거야? 널 복도에 혼자 남겨두고 가버려서 나한테 화가 나서 그런 거지?"

"네가 '화가 났다'고 하는 것과 비슷한 부분 프로그램이 몇 가지 있지만 어떤 것도 네 행동으로 비롯된 것은 없어."

"휴, 다행이다. 널 두고 가버린 게 내내 마음에 걸렸거든. 네가 학교를 나가버리고 사람들이 널 훔쳐 가려 했다는 걸 들었을 때 정말 괴로웠어."

"나도 네가 교칙 위반 벌점을 또 받았다는 것을 듣고 괴로웠어."

"너도 괴로웠다고?"

"응. 우선순위가 높은 문제들이 누적되면서 나의 처리 과정에 많은 스트레스가 쌓였거든."

"나도 마찬가지야! 하지만 이제 벌점은 더 이상 문제가 되지 않아. 도르가스 교장선생님이 다 없애주셨어! 이제 난 시험만 걱정하면 돼."

"내가 그 문제에 대한 해결책을 찾았어."

"네가??!? 그게 뭔데?"

맥스는 비명을 질렀다.

"우리, 점심 먹으면서 얘기할까?"

"지금 얘기해주면 안 돼?"

"왜냐하면 첫째, 점심이 해결책의 일부이고 둘째, 35초 후에 수업 시작종이 울릴 거거든."

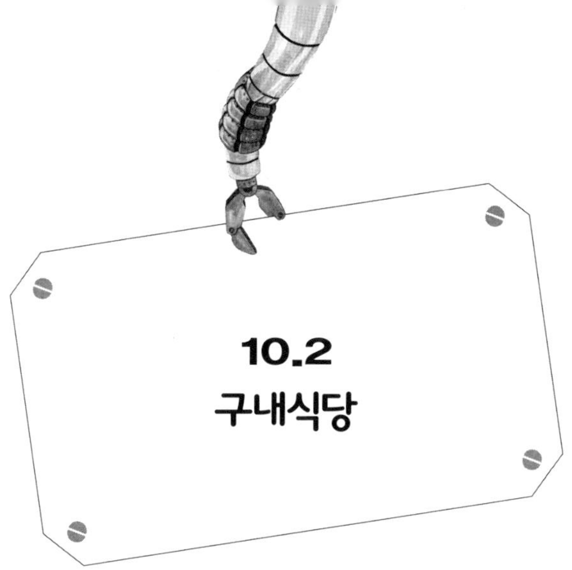

“잠시만 기다려.” 구내식당에 다다르자 맥스가 말했다. “점심 먹으면서 그 얘기를 어떻게 할 수 있지? 넌 음성 처리기를 꺼둬야 하잖아.”

“내 계획은 간단해. 종이와 연필을 사용하면 되지.”

“아… 연필은 어디서 구할 건데?”

“내가 아는 바로는 종이와 연필은 보통 학교에 있다고 하던데.”

“호랑이 담배 피우던 시절 얘기겠지! 내 큐스크린을 사용할 수 있겠어?”

“아니. 중요한 건 누군가가 엿듣거나 감시하지 않아야 한다는 거야.”

“내 큐스크린을 누가 감시한다는 거야? 헉~ 알겠다. 그거였단 말이지.”

맥스는 그동안 자기가 큐스크린에 썼던 많은 개인적인 내용을 떠올렸다… 바바라 교감이 그걸 다 읽은 것인가? 소름이 끼쳤다.

"음, 그렇다면 종이와 연필을 찾아야겠네. 크리스티한테 스케치북이 있을 거야."

구내식당에 도착해서 크리스티를 발견했지만 스케치북 한 장도 얻어내기가 쉽지 않았다.

"세상에, 이 스케치북이 얼만지나 알고 하는 소리니? 절대 못 줘! 한 장도 못 줘—"

"아… 그래, 없었던 걸로 해!"

맥스도 화가 나서 씩씩거렸다.

크리스티는 맥스의 성질을 돋우는 게 재미있는 모양이었다. 하지만 맥스는 크리스티가 그냥 장난으로 그런다는 걸 알았다. 곧 크리스티가 스케치북 맨 뒤에서 한 장 뜯어 연필과 함께 건넸다.

그때 시메온을 따라서 빅스가 다가왔다.

맥스는 투덜거렸다.

"좀 비켜. 퍼지랑 난 둘이서 할 일이 있어."

"알아. 나도 가라고 하던걸." 빅스가 말했다.

"뭐라고?"

맥스는 퍼지의 대답을 기다리며 퍼지를 쳐다봤다. 하지만 이내 음성 인식 프로그램을 꺼둔 사실이 떠올랐다.

맥스가 빅스를 가리키자 퍼지가 고개를 끄덕였다.

"나도 가도 돼?" 크리스티가 물었다.

"난?" 시메온도 물었다.

"이건 일급비밀이야!" 맥스가 볼멘소리로 말했다.

퍼지가 글씨를 쓰기 시작했다.

"어이쿠, 엄청 빠르네!" 크리스티가 말했다.

"그런데 왜 글씨가 개발새발이야?" 빅스가 말했다. "기계식인 것 같은데. 시메온 식이 아니라."

"하하," 시메온이 말했다. "이제 그 입 좀 다물고 퍼지가 뭐라고 썼는지 읽어볼래?"

〈퍼지〉 **나는 맥스를 도와줄 계획이 있어. 그건 빅스에게도 도움이 될 거야. 바바라 교감이 이 계획을 알아서는 안 돼. 그러니까 우리는 그것에 대해 소리를 내면 안 되는 거야.**

"내 생각엔 바—" 빅스가 입을 열었다.

"쉿! 써." 맥스가 말을 가로막았다.

빅스가 바로 종이에 썼다. **바바라 교감은 욕만 알아듣는 거 아냐?**

〈퍼지〉 **바바라 교감은 확실히 핵심 프로그램에서 필요한 것보다 훨씬 더 많은 것을 감시하고 있어. 그리고 핵심 프로그램이 아닌 행동도 많이 하는 것 같아. 시험에서 네가 입력한 답을 바꾼다거나 하는 식으로 말이야.**

"그게 사실이야?"

다들 크게 소리 질렀다.

"그럴 리 없어!"라고 말한 크리스티만 빼고.

〈퍼지〉 **맥스, 너는 바바라 교감이 너를 내쫓으려 한다는 생각이 든다고 했지?**

〈맥스〉 **그래, 정말 그랬어!**

〈퍼지〉 **내 분석에 따르면 너는 약 97퍼센트의 정답률을 보였어. 그런데 바바라 교감이 너에게 낮은 점수를 주려고 네 답을 바꾼 거야.**

〈빅스〉 **내 거는?**

〈퍼지〉 **그래, 빅스. 내 분석에 따르면 네 것도 78점으로 바꿔놓았더라.**

〈크리스티〉 **내 거는?**

〈시메온〉 **나는?**

〈퍼지〉 **너희들 것은 괜찮아.**

"크크, 니들은 바보 멍청이잖아." 빅스가 말했다.

"너야말로—"

"야! 가만있어봐! 퍼지의 계획을 들어보자!"

10.3 구내식당

〈퍼지〉 내 계획은 네가 100점짜리 정확한 답을 제출하는 거야. 그런데도 바바라 교감이 만점을 주지 않는다면 네 점수를 바꿨다고 확실히 알 수 있지.

〈시메온〉 그걸 어떻게 해? 한 번도 100점을 받아본 적이 없는데.

〈퍼지〉 시험을 보면서 평소처럼 읽어 내려가. 시험을 마친 다음 학생들이 콤보 데스크에서 제출 버튼을 누르면 답이 바바라 교감에게 무선으로 전달돼. 이때 내가 정확한 답으로 무선 신호를 재작성해 전달하는 건 전혀 어려울 게 없어.

〈맥스〉 퍼지!!! 그건 속임수야!!!

〈퍼지〉 맞아.

〈크리스티〉 난 빠질래!

〈시메온〉 나도!

〈빅스〉 음, 난 할 거야! 바바라 교감이야말로 우릴 계속 속여왔어. 이번만은 똑같이 해주고 싶어!

〈퍼시〉 맥스, 너는?

〈맥스〉 모르겠어. 보통은, 난 절대 누굴 속이거나 하지 않아. 하지만….

〈빅스〉 그렇지만 이번은 보통 상황이 아니지!

〈맥스〉 그런데 퍼지, 어떻게 해야 걸리지 않을까?

〈퍼지〉 나는 백 번이나 시뮬레이션을 돌려봤어. 시뮬레이션에서는 한 번도 걸리지 않았어. 바바라 교감이 카메라로 보거나 마이크로 들을 수 없거든. 그리고 내 전송 신호는 다른 콤보 데스크에서 오는 신호를 완벽하게 복제할 수 있어. 너희들은 시험을 보고 제출 버튼만 누르지 않으면 돼. 그리고 시간이 끝나갈 때쯤 '실수로' 콤보 데스크의 전원을 끄는 거야. 그러면 모든 증거가 사라져.

〈맥스〉 대단한 계획이긴 한데, 빅스랑 내가 만점을 받으면 바바라 교감이 의심할 것 같은데.

〈빅스〉 맞아. 한 문제씩 틀리는 건 어때? 다른 문제에서 말이야.

〈퍼지〉 그럴게.

〈빅스〉 좋았어. 난 할 거야. 맥스, 넌 어떡할래?

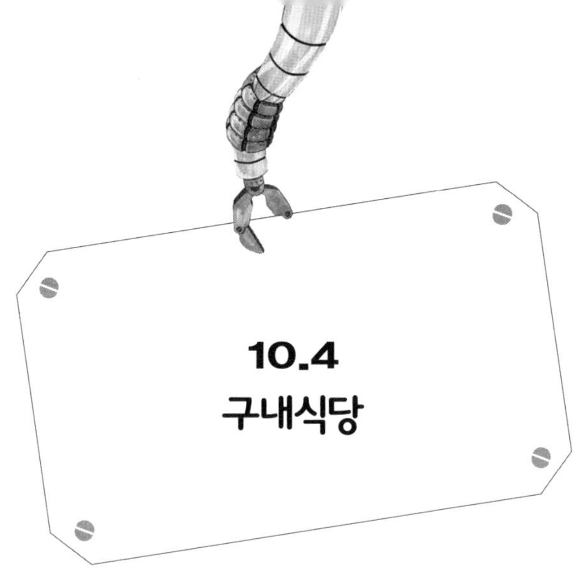

10.4
구내식당

맥스는 잠시 생각했다.

속임수를 쓴다는 게 마음에 들지 않았지만 또다시 낮은 점수를 받는 건 더 싫었다. 또 부모님에게 혼이 나고, 결국 다른 학교로 보내질 테니까. 퍼지의 계획은 이 악순환의 고리를 끊을 수 있는 기회였다.

게다가 이 계획이 성공하면 도르가스 교장선생님과 연방교육위원회에서 나온 여자, 그리고 부모님에게 그동안 바바라 교감이 저지른 만행을 까발릴 수 있다.

그리고 다 설명할 것이기 때문에 사실은 속이는 게 아니다. 그리고 나중에 시험을 다시 볼 수 있을지도 모른다… 바바라 교감이 수리되고 나면 말이다.

그렇다. 시험은 나중에 다시 치르면 된다. 어떤 도움도 없이, 어떤 방해도 없이. 그렇게만 된다면 다시 예전의 평범한 학생으로 돌아갈 수 있을 텐데.

〈맥스〉 **내가 이런 말을 한다는 게 믿기지는 않지만… 그래, 같이 속여보자!**

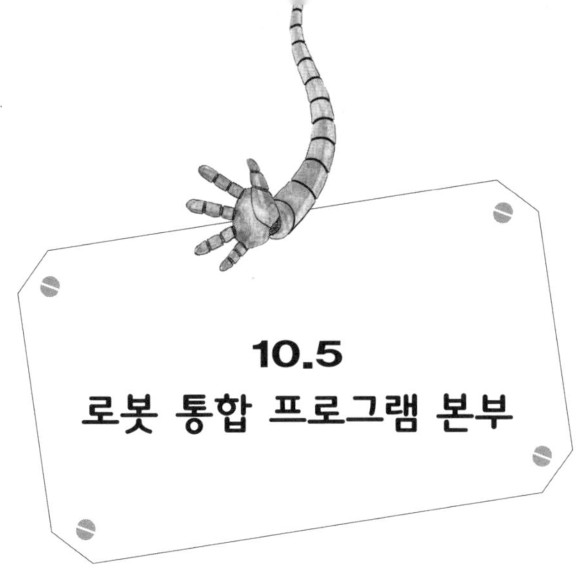

10.5 로봇 통합 프로그램 본부

“박사님은 우리가 뭘 해야 한다고 생각하나요?”

니나 중령이 물었다.

니나 중령과 존스 박사는 퍼지의 눈을 통해 아이들이 써내려간 대화를 모두 보고 있었다.

“우리가 뭘 해야 하냐고요? 그거야 당연히 파티죠!”

존스 박사가 소리쳤다.

“지금 무슨 일이 벌어지는지 알고 있어요? 이건 그동안의 진보를 훨씬 뛰어넘는 어마어마한 일이라고요… 날 믿어요. 정말 대단한 일이 벌어진 거예요. 이건… 와우! 퍼지는 모범생인 척하지만 지금 혁명을 꾸미고 있어요. 맥스를 도우려고 시험에서 정말로 속임수를 쓰려는 거예요. 한 번도 어떤 식으로 도우라고 프로그래밍하거나 지시한 적이 없는 아이에 대해서요. 감동 그 자체예요.”

"하지만 퍼지는 교칙을 따라야 하잖아요. 잊은 건 아니겠죠, 박사님?"

"네, 그럼요! 가장 중요한 부분이죠. 모르겠어요? 그가 원칙을 깨고 있는 거라고요! 의도적으로 교칙을 어기는 로봇! 바로 퍼지 논리!"

"네, 나도 퍼지가 자랑스러워요. 정말로 자유롭게 생각하게 됐으니까요. 하지만—"

"맞아요. 우린 자부심을 가져도 돼요. 그를 만든 건 바로 우리니까요. 수년 동안 프로그래밍하고, 수도 없이 시뮬레이션 하고 현장 검증까지… 정말 끔찍했죠… 하지만 해냈어요. 그러니까 인공지능 발달에… 빛의 속도로 도약한 거라고요. 우리가 해냈어요, 니나!"

"나도 그렇게 생각해요. 하지만 진정하고 내 말 좀 들어봐요. 내 말은, 이 실험에 대해, 그러니까 퍼지가 맥스랑 빅스랑 짜고 속임수를 쓰려는 이 상황에서 우린 어떻게 할 거냐는 거예요. 우린 분명히 퍼지가 교칙을 따르게 한다고 연방교육위원회와 약속했어요. 만약 퍼지가 속였다는 걸 알면 당장 우릴 내쫓을 거라고요."

"무슨 상관이죠? 그러라고 하죠 뭐. 이제 우리 일은 끝난 것 같은데요. 퍼지는 퍼지 논리를 펴기 시작했어요! 퍼지 논리가 효과를 내기 시작했어요. 퍼지를 학교에 보내자고 했던 당신의 그 말도 안 되는 계획이 맞아떨어졌다고요! 역시 중학교는 지옥 같은 곳이죠. 당신은 퍼지가 그곳에서 어떻게든 살아남기를 바란 거고, 퍼지는 정말로 살아남았어요."

"먼저, 난 그런 의미로 퍼지를 학교에 보낸 게 아니에요. 그리고 두 번째, 맥스랑 다른 아이들은 어떡하죠?"

"잘 들어요. 난 지금 동키 콩 이후에 일궈낸 어마어마한 인공지능 발전에 대해 말하는 거예요. 당신은 시험에서 속임수를 쓰려는 아이들이 걱정되는 거고요. 하지만 우린 지금 역사를 새로 쓰고 있어요! 라이더 대령에게 전화해야겠군요. 이젠 날 전적으로 신뢰하겠죠. 임무를 완수했으니까!"

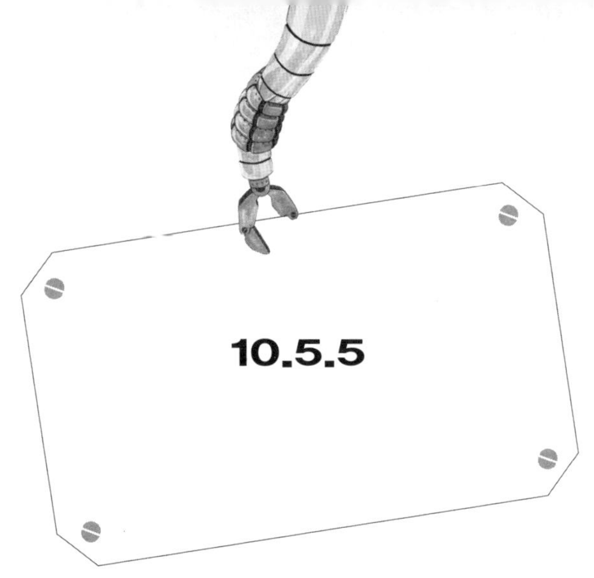

10.5.5

퍼지는 바바라 교감을 완벽하게 속일 수 있다고 생각했다. 벽과 천장에 붙어 있는 카메라는 거리가 너무 멀어서 잘 보이지 않는다.

하지만… 퍼지가 놓치고 있는 부분이 있었다. 바바라 교감을 과소평가한 것이다.

바바라 교감은 퍼지뿐 아니라 모든 RIP 관계자, 특히 존스 박사를 감시하는 데 처리 능력의 상당 부분을 할애하고 있었다. 그래서 퍼지의 계획은 잡아내지 못했지만, RIP 본부에 설치된 마이크와 카메라로 존스 박사와 니나 중령의 대화를 포착했다. 모든 단어를 듣고 이해했는데 그중에서 가장 주목한 단어는 바로 '속임수'였다.

그 단어를 가지고 몇 가지 서로 다른 부분 프로그램을 한꺼번에 돌리자 **(M젤라스터)**를 제거하라는 명령어가 나왔다. **(M젤라스터)**는 몇 주 전 바람직하지 않은 학생으로 분류되었다. 시험에서는 주로 좋은 점수를 받았지만 복종과 평소 행실, 집중력으로 평가한 바바라 교감의 자체 서열 시스템에서는 아주 낮은 점수를 받았다. **(M젤라스터)**는 업그레이드보다 다운그레이드가 더 많이 된 학생 중 하나였다. 적어도 바바라 교감의 데이터에 따르면 말이다.

바바라 교감의 분석 결과, **(M젤라스터)**를 학교에서 제거하는 것이 궁극적으로 높은 #CUG 점수를 가져올 가능성이 63퍼센트로 나타났다. 학교가 할 수 있는 최선은 **(M젤라스터)**를 제거하는 것이었다. 그래서 바바라 교감의 부분 프로그램은 그렇게 하는 데 꼭 필요한 작업인 맥스의 데이터를 조작했다.

또한 바바라 교감은 **(J빅스)** 제거 부분 프로그램과 심지어 **(퍼지)** 제거 부분 프로그램까지 만들었다.

물론 **속임수 금지()** 코드는 최우선순위로서 항상 경계 태세를 늦추지 않고 활성화되어 있었다.

지금은 이 모든 부분 프로그램이 통합되었다. 바바라 교감이 속임수의 증거를 잡는다면 맥스, 빅스, 그리고 퍼지를 모두 한꺼번에 제거할 수 있는 것이다.

그렇게 한다면 전반적인 #CUG 점수를 향상시킬 가능성이 99.9퍼센트라는 분석이 나왔다. 그래서 바바라 교감은 이들 한 명 한 명에게 온 처리 능력을 쏟아 부으며 하나의 목적에만 집중했다.

잡아라(사기꾼)

11.1 구내식당

그사이 점심시간이 끝나갔다.

“이건 버려야겠어.” 맥스가 종이를 꼬깃꼬깃 구기며 말했다. “퍼지, 나랑 같이 갈래?”

그때 퍼지의 청각 기능을 꺼뒀던 게 기억났다. 그래서 맥스는 퍼지의 팔을 부드럽게 잡아끌었다.

“멋진걸!” 크리스티가 말했다.

“쓰레기통 옆에서 데이트라도 하시겠다?” 빅스가 말했다.

“꺼져.” 맥스가 말했다.

구내식당을 나서면서 맥스는 다른 사람 눈에 띄지 않게 종이를 쓰레기통에 집어넣었다.

복도로 들어서자 퍼지가 청각 기능을 켰다.

“퍼지, 내 말 좀 들어봐. 엄청 중요한 얘기야.”

"아까도 그랬잖아. 지금 얘기해도 안전할까?"

"음, 아마도. 퍼지, 난 네 임무가 뭔지 알 것 같아."

"내 임무는 신체적, 정신적으로 인간보다 더 잘 기능하도록 나 자신을 재프로그래밍하는 거야."

"왜 그런 일을 해야 하는지는 알아?"

"아니. 내 목표는 나에게 배정된 어떤 과업이라도 분석하고 수행할 수 있게 되는 거야."

"하지만 넌 아직 임무를 배정받지 않았지?"

"응, 아직."

"퍼지, 잘 들어. 네 임무가 뭔지 알 것 같아. 난 그게 싫어. 아마 너도 싫어할 거야."

"내가 수행 임무를 좋아하고 말고는 내 프로그램이 판단하는 게 아니야—"

"넌 화성에 가게 될 거야."

"몰랐어. 하지만 내 프로그래밍과 훈련을 고려해보니 말이 되네. 그리고—"

"퍼지, 모르겠어? 저들은 다른 수많은 탐사선과 로봇처럼 널 화성에 보내버릴 거야. 아직 아무도 돌아오지 못했어."

"물론 그렇겠지. 행성 간 이동의 로지스틱스로는 탐사 장비가 다시 돌아오는 게 어려워."

"하지만… 넌 단순한 장비가 아니야. 넌…."

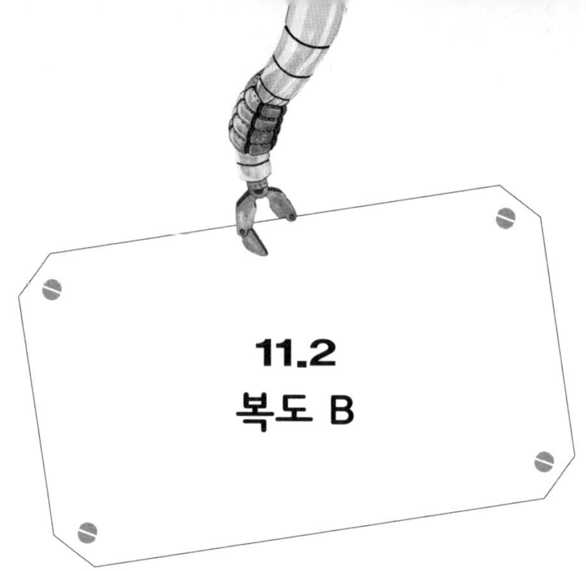

11.2 복도 B

퍼지는 대답이 없었다. 생각에 잠긴 채 우두커니 서 있었다. 아직까지 한 번도 자기 미래에 대해 생각해본 적이 없었다. 그건 어려운 일이다. 왜냐하면 '너무나 많은' 변수가 있기 때문에.

맥스는 계속 말을 이어갔다.

"그리고 더 나쁜 소식이 있어. RIP와 관련된 모든 것에 국방부가 비용을 대고 있대. 넌 군용 로봇이 될 수도 있어! 화성에서 군사 임무를 수행할지도 몰라."

퍼지는 여전히 잠자코 있었다.

"퍼지, 듣고 있는 거야? 심각한 얘기라고!"

하지만 퍼지는 대답이 없었다.

"아, 젠장. 또 먹통이 됐어!"

맥스가 투덜거리자 그제야 퍼지가 입을 열었다.

“미안해, 맥스. 나는 네가 한 말을 분석하느라 모든 처리 능력을 쓰고 있었어.”

“그랬구나. 넌 어떻게 생각해? 저들이 널 화성에 보낼까?”

퍼지의 말투는 아주 차분했다.

“내가 분석한 바에 따르면 네 말이 모두 맞아. 그래, 나는 화성 탐사를 위해 준비되고 있어. 게다가 나는 군대의 소유물이야. 그래. 나도 싫어.”

그때 수업 종소리가 들렸다.

“참, 난 지금 체육 수업에 가야 해. 넌 존스 박사님께 가 있어.”

“알았어, 맥스. 그렇게 할게. 우리는 아직 할 얘기가 많아.”

맥스와 퍼지는 많은 일들을 생각하느라 아주 중요한 사실을 간과하고 말았다.

바바라는 단지 교감선생님만이 아니라, 학교의 모든 자동화된 시스템을 운영하는 주체였다. 에어컨에서 콤보 데스크, 문에 이르기까지 모든 것을… 심지어 로봇 경비원까지도.

보통 구내식당의 쓰레기 처리 로봇은 쓰레기통이 거의 다 찼다는 메시지를 기다렸다가 가서 재활용이 되는 것은 분리하고 나머지는 쓰레기 분쇄기로 가져간다.

하지만 이번에는 쓰레기통이 다 차지 않았는데도 쓰레기를 가져오라는 명령을 받았다. 아주 단순한 심부름꾼이기 때문에 로봇은 아무 질문 없이 그저 시키는 대로 했다. 재활용이 되는 쓰레기를 분류하던 중, 로봇은 또 다른 명령을 받았다.

종이를 재활용 칸에 버리지 말 것.

그런 다음 아주 이상한 명령이 또 떨어졌다. 이번에도 역시 로봇은 조금의 호기심이나 의문 없이 그대로 수행했다.

종이를 43호실로 가져올 것.

43호실은 바로 바바라 교감의 방이었다.

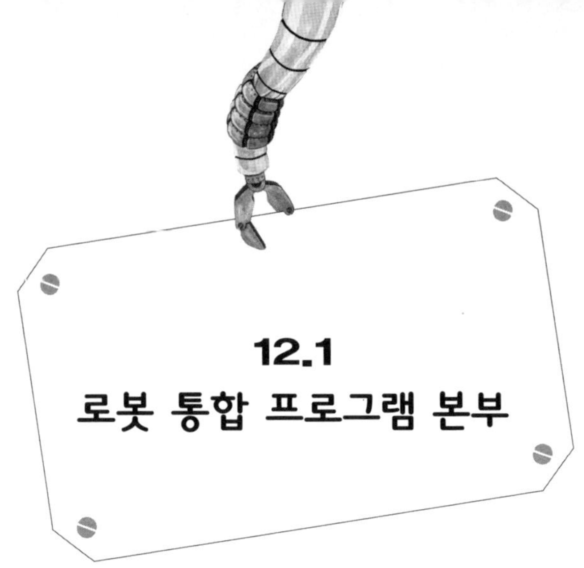

12.1
로봇 통합 프로그램 본부

“나는 화성에 가고 싶지 않아요. 여기 있고 싶어요.”

그때까지도 자신들이 작업을 완수할 가능성에 대해 논의하고 있던 니나 중령과 존스 박사가 놀라서 고개를 들었다.

존스 박사가 먼저 정신을 차렸다.

“퍼지, 방금 뭐라고 했니?”

퍼지는 거의 먹통이 될 뻔했다. 하지만 사람들이 쓰는 용어인 ‘정신력’으로 메모리 뱅크의 데이터 충돌을 극복해냈다.

“나는 화성에 가고 싶지 않아요. 화성에 가는 건 기쁘지 않아요.”

“그건 어떻게 알았지?”

“맥스가 말해줬어요.”

존스 박사가 몸을 돌려 니나 중령을 쳐다봤다.

“왜 날 보는 거죠? 난 말하지 않았어요!” 니나 중령이 말했다.

“맥스는 혼자 알아낸 거예요.” 퍼지가 말했다.

“그래. 맥스 말이 맞다.” 존스 박사가 말했다.

“나는 잘 모르겠어요. 화성에는 이미 많은 로봇이 가 있잖아요.”

“그래. 하지만 퍼지, 너만한 로봇이 없단다. 넌 단순히 탐사하거나 정보를 수집하는 일을 하진 않을 거야.”

“알아요. 하지만 나는 뱅가드 중학교의 학생이에요. 화성에서는 할 수 없는 중요한 목표가 있다고요.”

“퍼지, 널 학교에 ‘통합’시키는 게 최종 목표는 아니야.”

“아니라고요?”

“그래. 그 목표도 아주 중요하고 또 성공을 거뒀지만, 그건 그냥 화성에서 중대한 임무를 처리할 수 있는 로봇을 만들어내기 위한 수단일 뿐이었어….”

“군사 임무인가요?”

“음, 군대가 관리하지. 맞아. 하지만 그걸 ‘군사 임무’라고 봐야 할지는 모르겠다.” 니나 중령이 대답했다.

“군사 임무가 아니라고 확신할 수 있어요?” 퍼지가 다시 물었다.

“아… 꼭 그렇다곤 할 수 없어.” 니나 중령이 말했다.

“임무에 대해선 우리도 몰라.” 존스 박사가 설명했다. “화성에서 어떤 임무든 처리할 수 있는 로봇을 만들어내는 게 우리 일이지. 라이더 대령의 팀이 필요한 구체적인 임무를 수행하도록 널 재프로그래밍할 거란다.”

"라이더 대령요? 나를 재프로그래밍한다고요? 언제요?"

"글쎄, 곧 하겠지. 무슨 이유 때문인지 모르겠지만 굉장히 서두르고 있거든."

"우리한테 발한 것보다 화성에서 훨씬 더 많은 임무가 있는 게 분명해요." 니나 중령이 말했다.

"당신 말이 맞을 겁니다." 존스 박사가 말했다. "하지만 그것도 우리가 알 바는 아니에요. 그저 퍼지를 준비시키고 보고하는 게 우리 일이죠. 사실 라이더 대령에게 전화를 하려던 참이었어요."

12.2 로봇 통합 프로그램 본부

“아니, 아니, 안 돼요.” 퍼지가 말했다.

“안 된다니, 뭐가?” 존스 박사가 물었다.

“나는 화성에 가기 싫어요. 화성에 갈 준비가 안 됐다고요. 라이더 대령에게 전화하지 마세요.”

“이런, 젠장. 자유의지를 가진 로봇을 만드는 게 이런 건 줄 알았어야 했는데.” 존스 박사가 말했다.

“잘 들어, 퍼지. 나도 널 이곳에 있게 하고 싶어. 네가 다음엔 어떤 걸 해낼지 엄청 보고 싶다고. 하지만 넌 내 것이 아니야… 존스 박사님 것도 아니고. 넌 미국 정부의 소유물이야. 그들은 널 화성에 보내기 위해 만든 거야.” 니나 중령이 말했다.

“왜 나예요?”

“왜냐하면 우리가 그런 목적으로 널 만들어냈거든!”

“하지만 당신들이 만들어낸 것은 화성에 가고 싶지 않은 로봇이라고요.”

“왜 화성에 가기 싫은 거지?”

“지금까지는 미처 깨닫지 못했어요. 그런데 그 임무를 수행하면 곧 내가 하려던 임무를 수행하지 못하게 되거든요. **맥스 돕기()**, 수행 미완성. 그리고 프로젝트 기간에 발전시킨 인간관계도 더 이상 이어갈 수 없다는 말이잖아요. 맥스를 다시 볼 수 없잖아요.”

“하지만 넌 가야 해. 그게 계획이니까.” 존스 박사가 말했다.

“물론, 나는 갈 거예요. 이해했어요. 사실 나는 많은 것을 알고 있어요. 맥스 집에서 본 옛날 공상과학소설에서 ‘자유의지’를 가진 로봇에 대해 많이 다뤘는데, 이제야 그 의미를 이해하게 됐어요.”

“무슨 의미?”

존스 박사는 퍼지의 말에 완전히 빠진 듯 보였다.

“지금 같은 경우는 나 스스로 결정한 임무를 끝내기 위해 이곳에 머무르고 싶다는 거예요. 하지만 그럴 수 없겠죠. 왜냐하면 나한테 아무리 자유의지가 있다 해도 정말로 자유로운 것은 아니니까요.”

방 안에 또다시 침묵이 흘렀다. 니나 중령이 입을 열 때까지.

“퍼지, 마음이 아프구나.”

“음,” 존스 박사가 말했다. “어느 시점이 되면 내가 대령에게 전화를 해야겠지… 하지만 오늘은 아니야… 내일도….”

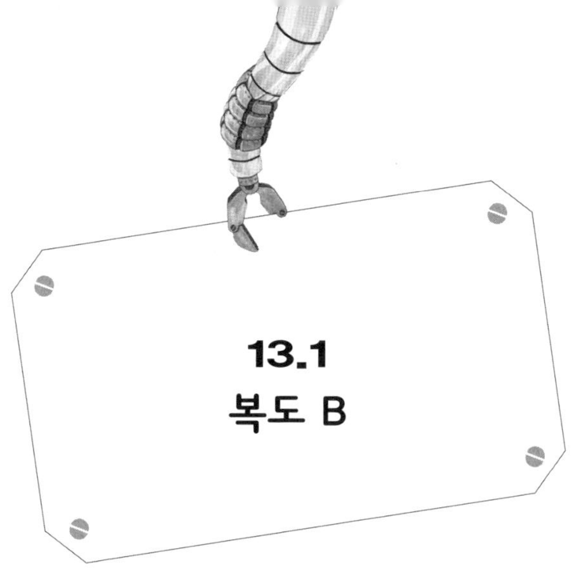

13.1 복도 B

맥스는 과학 시험이 가까워올수록 토할 것처럼 속이 메스꺼웠다. 한 번도 속여본 적이 없었기 때문이다. 그럴 필요도 없었고, 속임수를 쓸 때 어떻게 해야 하는지도 몰랐다.

맥스는 얼떨떨한 상태에서 그 일을 행동에 옮겼다.

시험은 평소와 다름없이 바바라 교감의 짧은 안내 방송과 함께 시작되었다. 바바라 교감이 환하게 웃으며 교실 앞의 커다란 큐스크린에 등장했다. 학생들에게 교칙 위반 벌점을 주는 존재 같지 않았다.

"여러분이 최선을 다해줄 거라고 생각합니다! 우리는 이곳 뱅가드 중학교에서 한 팀입니다. 그래서 나는 여러분 한 명 한 명을 믿어요! 전송 버튼을 누르기 전에 잊지 말고 다시 한 번 답을 점검하세요!"

바바라 교감은 약간 가라앉은 목소리로 급하게 말을 이어갔다.

“이번 시험부터 학교 시험 정책에 따라 교실의 상황이 모두 녹화됩니다. 그리고 학생들 간의 대화를 금지합니다….”

바바라 교감은 규칙들을 계속 말했다. 학생들은 연초부터 모든 수업 시간에 일주일에 한 번씩 이 이야기를 들어왔다. 그래서 누구든 외우다시피 하고 있었다.

“자, 이제 시작하세요!”

바바라 교감이 시험 시작을 알렸고, 그녀의 얼굴은 커다란 카운트다운 시계로 바뀌었다.

맥스는 평소처럼 행동하려고 애썼다. 시험 스크린을 보면서 답을 생각하는 척했다. 하지만 문제가 쉬운 척해야 할지, 어려운 척해야 할지 헷갈렸다. 너무나 남의 눈을 의식한 나머지 어색한 티가 많이 났다.

“긴장할 거 없어. 쫄지 마.” 빅스가 속삭였다.

마침내 시험 시간이 끝났다. 학생들 모두 답을 저장했고 시험 결과가 바바라 교감에게 전송되었다….

맥스와 빅스의 답은 퍼지가 변환시켰다. 이제 맥스와 빅스가 ‘실수로’ 책상의 전원을 끌 차례였다.

프렌치 선생님은 종이 울릴 때까지 작은 소리로 얘기해도 된다고 했다. 하지만 맥스는 책상만 보고 있었고 심지어 빅스도 평소와 아주 다르게 조용했다.

종이 울렸다.

끝났다!

빅스가 엄지손가락을 세워 보이며 맥스한테 윙크를 했다.

맥스는 아직 자축하기엔 이르다고 생각했다.

"제대로 했어?"

맥스가 속삭이자, 퍼지가 엄지손가락을 들어 보였다.

맥스는 복도로 들어서며 안도의 숨을 내쉬었다.

모든 게 잘 됐어—

그때 큐스크린에 불이 들어왔다. 벽에서 폭신폭신한 팔이 갑자기 튀어나왔다. 바바라 교감이 그들 앞에 굉장히 근엄한 모드로 등장했다.

"맥신 젤라스터, 과학 업그레이드 시험에서 속임수를 썼다는 증거가 포착되어 금일 오후 3시에 퇴학 청문회가 열릴 예정이다. 부모님과 담당관 브록마이어 씨가 참석할 거다. 지금 바로 교무실로 가서 청문회가 열릴 때까지 기다리도록."

맥스의 눈이 휘둥그레지더니 스크린에서 뒷걸음질 쳤다.

"저는 속이지 않았어요!"

"그건 거짓말이야. 지금 하는 거짓말도 너한테 불리하게 작용할 거다."

"무슨 증거로 그렇게 말씀하시는 거죠?" 빅스가 끼어들었다.

큐스크린에서 바바라 교감의 얼굴이 사라지더니 어떤 사진이 나타났다.

맥스와 빅스는 얼굴이 새하얗게 질렸다.

그것은 꼬깃꼬깃해진 종이를 스캔 한 것이었다. 바로 이 모든 일의 음모가 적힌.

맥스와 빅스가 사진으로 고개를 돌리자(교실에 남아 있던 아이들도 대부분 사진을 보고 있었다), 바바라 교감은 '속임수'라는 단어에 강조 표시를 했고 맥스의 마지막 문장 '그래, 같이 속여보자!'라는 말을 클로즈업했다.

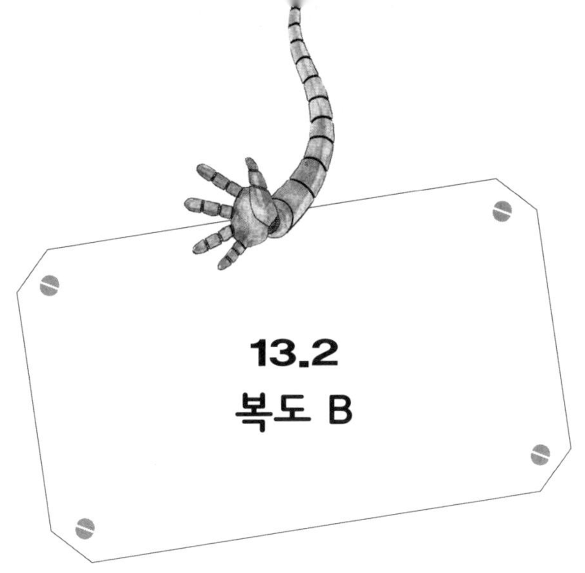

13.2
복도 B

“그건… 그냥… 작문 연습이라고요!” 빅스가 변명을 늘어놨다. “지어낸 거예요! 우린 절대….”

바바라 교감이 큐스크린에 존스 박사와 니나 중령이 대화하는 장면을 틀었다.

“퍼지는 이 소녀를 도우려고 시험에서 정말로 속임수를 쓰려는 거예요….”

“그러니까 퍼지가 맥스랑 빅스랑 짜고 속임수를 쓰려는 이 상황에서 우린 어떻게 할 거냐는 거예요. 우린 분명히 퍼지가 교칙을 따르게 한다고 연방교육위원회와 약속했어요. 만약 퍼지가 속였다는 걸 알면 당장 우릴 내쫓을 거라고요….”

“그건 우릴 얘기하는 게 아니에요!” 빅스가 항의했다. “이상한 어른들이 하는 얘기를 우리가 어떻게 알아요!”

큐스크린 화면이 맥스가 시험을 보는 척하기 몇 분 전으로 이동했다. 빅스가 맥스한테 속삭이는 장면이었다.

"*쫄지 마.*"

그다음으로 큐스크린에 뜬 것은 맥스가 전송 버튼을 누르는 대신 콤보 데스크의 전원을 끄는 장면이었다. 잠시 후 빅스가 엄지손가락을 세워 보이며 맥스한테 윙크했고, 맥스가 "제대로 했어?" 하고 속삭이자 퍼지가 엄지손가락을 들어 보였다.

큐스크린에 바바라 교감의 얼굴이 다시 등장했다.

"M. 젤라스터의 시험 답안은 다른 기계가 불법적으로 전송했고… 이는 뱅가드 중학교와 연방학교 128구역의 교칙을 위반한 것이다."

맥스는 숨을 쉴 수 없었다. 빠져나갈 구멍이 없었다. 퍼지가 무슨 설명이라도 해주기를 바랐다.

"퍼지, 뭐라고 좀…."

그때 바바라 교감의 로봇 팔이 맥스를 사무실 방향으로 밀쳤다.

"F. 로봇은 존스 박사에게 돌아가도록. 로봇 통합 프로그램은 현재 중단되었으며 이 연방학교 128구역에서 증거를 포착했으므로 공식적으로 종료될 것이다."

벽에서 또 다른 팔이 나와서 퍼지가 맥스를 따라가지 못하게 막았다. 맥스는 뒤를 돌아보며 말했다.

"퍼지, 도와줘. 제발!"

13.3 정체불명의 화물 트럭

발렌티나와 제프는 학교에서 한 블록 떨어진 곳에 주차된 새 화물 트럭의 뒷좌석에 앉아 있었다.

제프는 음료수 캔을 열 개나 비운 상태였다.

새벽 3시쯤, 드디어 RIP 암호를 풀었다. 제프와 발렌티나는 새 화물 트럭을 학교에서 두 블록 떨어진 곳으로 끌고 갔다. 발렌티나는 제프가 퍼지를 해킹할 때 존스 박사의 통화를 엿들었다.

제프는 성공했고 발렌티나는 퍼지를 감옥 같은 뱅가드 중학교에서 탈출시킬 참이었다. 해커들은 즉시 파일을 다운로드하기 시작했다. 제프에게 그건 아주 쉬운 일이었다.

제프는 기다렸다가 퍼지와 RIP 컴퓨터 사이에 오가는 메시지의 흐름을 관찰했다.

그리고 결국 자신이 원하는 걸 찾았다.

RIP 컴퓨터 전송:

시스템 내부 백업(16)

퍼지 응답:

스풀 시스템 내부 백업(16)

"이것 좀 봐요!" 제프가 소리쳤다.

"나, 여기 있어. 그렇게 소리치지 않아도 다 들린다고." 발렌티나가 신경질적으로 대답했다.

"소리를 안 지를 수가 없다니까요. 핵심을 찾았어요! 보세요!"

발렌티나가 제프를 쳐다봤다.

"뭐가 핵심이라는 거야?"

"그러니까, 보세요. RIP가 지금 시스템 파일을 무선으로 백업하라고 로봇한테 알리고 있어요."

"우리가 찾던 거잖아!" 발렌티나가 소리 질렀다. "전송을 가로채!"

"잠시만요… 어디 한번 볼게요. RIP의 명령어는 우선순위가 16번째로 낮네요. 퍼지는 곧 그걸 수행할 거예요. 그러니까 지금 당장은 아니죠. 이미 우선순위가 더 높은 일을 처리하고 있을 거예요. 그러니까 좀 더 있어야 해요."

"아~ 그러니까 파일을 지금 전송하는 게 아니군."

"네, 지금은 아니에요." 제프가 의기양양한 미소를 지으며 말했다. "하지만 내가 최우선순위로 같은 메시지를 보낸다면 로봇은 따를 수밖에 없을걸요."

"그리고 넌 벌써 준비가 됐고."

"네."

"좋아. 그럼 어서 메시지를 보내!"

"사실, 명령어를 벌써 입력했어요… 하지만 이건 연방법에 걸리는 중범죄라서 망설여지네요… 실은, 대장님이 버튼을 눌러주면 좋겠어요."

클릭.

"좋아. 됐나?" 발렌티나가 말했다.

"보세요— 작동돼요! 벌써 파일이 들어오고 있어요!"

제프의 큐스크린이 뜻을 알 수 없는 기호로 가득 차기 시작했다.

발렌티나의 얼굴에 환한 미소가 피어올랐다.

"돈이 굴러들어오고 있어, 제프. 스크린에 보이는 게 다 돈이야. 엄청난 돈이라고."

그러고는 제프를 뒤로 밀치며 외쳤다.

"좋아. 어디 한번 해보자고!"

"워워워!" 제프가 말렸다. "지금 다운로드하는 건 웃기는 고양이 사진이 아니라 엄청난 데이터예요. 시간이 좀 걸려요."

"얼마나?"

"모르겠어요. 잠깐 쉬면서 기다리는 게 좋겠는데요. 음료수 좀 드릴까요?"

"아니. 난 당장 그 빌어먹을 코드를 손에 쥐고 싶단 말이야. 젠장, 답답해서 도저히 못 기다리겠군."

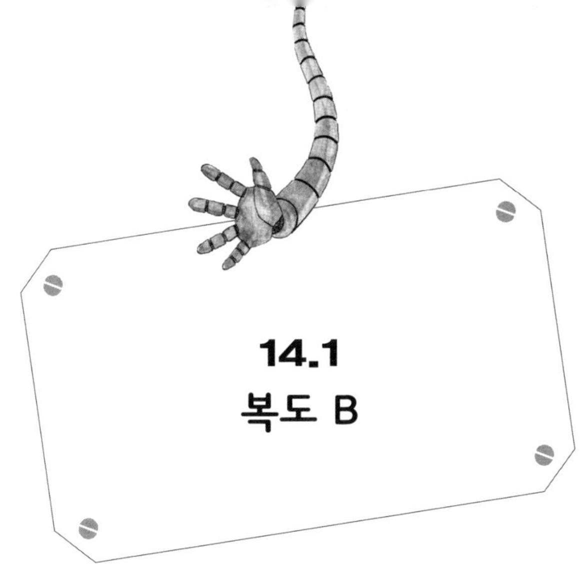

14.1
복도 B

“네 계획은 엉망이야!” 빅스가 씩씩거리며 말했다.

퍼지와 빅스, 그리고 크리스티와 시메온은 맥스가 잡혀 간 복도에 멍하니 서 있었다.

“네가 ‘엉망’이라는 단어를 ‘완전히 실패했다’는 의미로 썼다면 네 말이 맞아.” 퍼지가 차분히 말했다. “존스 박사와 니나 중령이 그 계획을 소리 내서 말할 줄은 몰랐거든. 이제부터 새 계획을 방해받지 않기 위해 전송 프로그램을 꺼둘 거야.”

“새 계획이라고? 나랑 맥스가 퇴학당하지나 않게 해보셔!”

“반드시 그렇게 할 거야.”

“아… 그러세요? 행운을 빕니다. 그럼 난 이만.”

“행운도 하나의 변수지만 내 계산에는 넣지 않을 거야. 빅스, 나는 네 도움이 필요해.”

"됐거든!"

"그리고 시메온의 도움도."

"아…."

"그리고 크리스티도."

"나? 왜 나야?" 크리스티가 놀라서 물었다.

"왜냐하면 너는 맥스의 친구니까. 빅스, 시메온도 마찬가지고. 너희도 나만큼이나 맥스를 돕고 싶어 하잖아. 그래서 너희를 계획에 포함시킨 거야. 만약 도와주지 않으면 계획은 훨씬 힘들어지겠지."

"헐~ 어차피 난 퇴학당할 게 뻔해! 바바라 교감이 날 사무실로 끌고 가지 않은 게 신기할 정도라구." 빅스가 말했다.

"네가 갈 곳이 바로 거기야. 가서 맥스한테 무슨 일이 일어나고 있는지, 어떤 것이라도 좋으니 정보를 얻어 와. 그리고 도르가스 교장선생님께 알리고 도움을 요청해."

"좋아. 교장선생님이라면 지금 당장이라도 만나고 싶지…."

"하겠다는 거야? 말겠다는 거야?"

"할게. 하겠다고." 빅스가 대답했다.

"좋아. 시메온, 너는 교장실 밖에 서 있다가 맥스 부모님이 들어가지 못하게 막아."

"어떻게 생겼는지 모르는데."

"큐스크린에서 확인해봐. 방금 사진 보냈어."

"오~" 시메온이 책가방에서 큐스크린을 꺼내며 말했다. "두 분을 만나면 뭘 어떻게 해야 하지?"

"상황을 설명해."

"설명하라고? 나조차 이해가 안 가는데!"

퍼지가 이번에는 크리스티를 바라봤다.

"크리스티, 너도 최선을 다해줄 거지?"

"어? 난 뭘 해야 하는데?" 크리스티가 물었다.

"존스 박사와 니나 중령이 내 계획에 끼어들려고 할 거야. 연구실을 잘 감시하고 있다가 알려줘."

"나더러 어떻게 하라고?"

"네 큐스크린을 확인해봐."

크리스티가 큐스크린을 꺼내서 보니 연구실의 실시간 카메라와 연결된 화면이 떴다. 존스 박사와 니나 중령은 전화로 각각 누군가와 논쟁을 하는 것 같았다. 존스 박사는 라이더 대령과 언쟁을 하고 있었고, 니나 중령은 연방교육위원회의 누군가에게 상황을 설명하려 애쓰고 있었다.

"그래서 어떡할 건데?" 크리스티가 물었다.

"그건 지금 중요하지 않아. 중요한 건 네가 보고 듣는 거야. 스마트 팔찌를 사용해—"

"하지만 학교에선 스마트 팔찌를 사용할 수 없게 돼 있어. 기억 안 나?"

"나도 알아. 하지만 그러면 맥스를 도울 수 없어. 맥스를 위해 교칙을 어길 수 있겠지?"

크리스티가 웃음을 지었다.

"물론이지!"

"좋아. 지금 보안 채널로 네 스마트 팔찌에 메시지를 보낼게. 만약 그 사람들이 나를 제지하겠다거나 보안요원을 보낸다는 말을 하면 당장 나한테 알려줘—"

"보안요원?" 빅스가 놀라며 물었다.

"그래. 학교에는 나를 보호하는 무장 보안요원들이 있어. 하지만 그들은 내가 위험 상황에 처했다고 판단하면 계획을 방해하려고 들 거야."

"위험 상황?"

"그래. 분석에 따르면 아마 나는 계획을 수행하다가 부품에 치명적인 손상이 생길 거야."

"뭐라고???" 빅스가 소리쳤다.

"그래. 바바라 교감은 자체 보안 장치가 탑재되어 있어. 벽에서 나오는 푹신한 팔을 본 적 있지?"

"응…."

"바바라 교감의 팔이 모두 푹신한 건 아니야. 바바라 교감은 이 학교에 위협이 된다고 판단되는 것은 무엇이든 제지하도록 만들어졌어. 자신을 보호하기 위해서라면 무엇이든 할 수 있지."

"잠깐만, 너 지금 뭘 하려는 거야?" 크리스티가 놀라 물었다.

"나는 좋은 학생이 돼서 교칙을 따를 거야. 그래서 바바라 교감과 대화를 나누러 갈 거야." 퍼지가 대답했다.

“쉿! 교감의 이름을 입에 올리지 마… 듣고 있을지도 몰라.”

“분명히 들었을걸! 하지만 그걸 걱정하기엔 너무 늦었어.”

그렇게 말하고 퍼지는 뒤돌아서 걸어갔다.

“나만 그런가? 자기가 무슨 옛날 카우보이 영화에 나오는 주인공이라도 된 것처럼 말하네.” 빅스가 말했다.

“그게 뭔데? 카우보이 영화는 본 적도 없어. 혹시 ‘트랜스포머’라면 몰라도.” 시메온이 말했다.

“사실 나도 카우보이 영화는 본 적 없어. 하지만 문제가 생기면 히~허! 하고 소리 지른다는 건 알아.”

“히~허!” 크리스티가 소리쳤다.

그때 근처 벽에서 바바라 교감이 나타났다.

“실내에서는 조용한 소리로 말하고 복도를 막아서지 말아야 한다는 것을 기억하기 바랍니다.”

이번에는 마치 쿠키라도 구워줄 것 같은 다정하기 그지없는 할머니 얼굴을 하고 있었다.

14.2 정체불명의 화물 트럭

“안 돼! 염병할!” 제프가 소리쳤다.

“왜?” 발렌티나가 물었다.

“멈췄어요. 데이터가!”

“거의 다 됐다면서?”

“아뇨… 아직 멀었는데, 다운로드를 절반도 못 했어요. 로봇이 20배나 많은 코드를 쓰고 있다고요.”

“신호를 역추적할 수 있나?”

“아뇨. 아무 신호도 없어요. 로봇이 그냥 전송을 멈췄어요.”

“알았어. 생각 좀 해보자구.”

이제 힘든 결정을 내릴 때가 왔다.

발렌티나가 손에 넣은 데이터는 굉장한 가치가 있다. 하지만 손에 넣지 못한 데이터는 더 엄청난 가치가 있다. 데이터를 다운로드하려는 제프의 계획은 너무 대단해서 믿어지지 않을 정도였다. 발렌티나가 두 눈으로 직접 확인했으니 이제는 칼의 방식을 써볼 차례였다. 정확히 말하자면 칼의 방식은 아니었다. 칼은 머저리니까. 발렌티나의 방식대로 할 때가 된 것이다.

"넌 여기 있어." 발렌티나가 말했다. "시작할 준비나 해. 내가 학교로 들어갈 테니까."

14.3
구금실 2

지옥이 있다면 이런 곳이겠군. 개미 한 마리도 안 보이네. 맥스는 생각했다. 벽, 바닥, 천장, 의자같이 생긴 물건 등 모든 것이 티폴리머로 만들어졌다. 문은 투박하지만 스펀지 같은 재질로 되어 있었다. 구금실 2는 탈출이 불가능하기 때문에 그 안에서 아이들은 정신이 이상해지거나 폭력적으로 변했다.

내가 어떻게 문제아로 분류될 수 있지? 퍼지 때문인가? 퍼지가 오고 나서 바바라 교감이 나를 노린 건가? 맥스는 궁금해졌다.

이제 와서 그게 다 무슨 소용이야. 맥스는 자포자기의 심정이었다. 하지만 이내 생각을 고쳐먹었다. 아직 끝난 게 아니다. 맥스는 실제로도 끝난 게 아니길 바랐다.

곧 문이 열릴 것이다. 이제 부모님과 브록바이어 씨, 그리고 바바라 교감이 동석한 끔찍한 회의를 견뎌야 한다. 바바라 교감은 스캔 한 그 끔찍한 메모를 부모님과 브록마이어 씨에게 보여줄 것이다: *보통은, 난 절대 누굴 속이거나 하지 않아. 하지만… 속여보자!*

맥스는 그것을 왜 썼을까? 그리고 바바라 교감은 어떻게 알게 된 것일까? 퍼지가 바바라 교감에게 얘기한 걸까? 퍼지가 내내 맥스를 곤경에 빠뜨려온 걸까?

물론 아니다… 그럴 리가… 퍼지는 어떤 의도가 있어서 그런 행동을 한 건 아닐 것이다. 퍼지는 그들이 자기를 학교 교칙을 따르도록, 그러니까 바바라 교감에게 복종하도록 프로그래밍했다는 얘기를 맥스한테 하고 난 뒤로 행동이 이상해졌다. 바바라 교감이 퍼지한테 농간을 부려 맥스가 속임수를 쓰도록 하라고 지시했는지도 모른다.

하지만 퍼지는 그렇게 하지 않았다. 그가 왜? 퍼지는 그런 유의 로봇이 아니다. 그럼 퍼지는 어떤 로봇인가? 그는 단지 프로그램일 뿐이다. 기계일 뿐이다.

퍼지를 친구라고 생각해왔지만, 지금 맥스는 과연 퍼지가 친구 맞나 하는 의구심이 들었다. 퍼지가 만약 그렇게 하도록 프로그래밍되었다면 그렇게 할 수 있었을 것이다. 프로그래밍이 바뀐다면 우정을 저버릴까?

아…

맥스는 자기가 확실히 지옥에 떨어진 거라는 생각이 들었다.

저 문은 언제 열릴까?

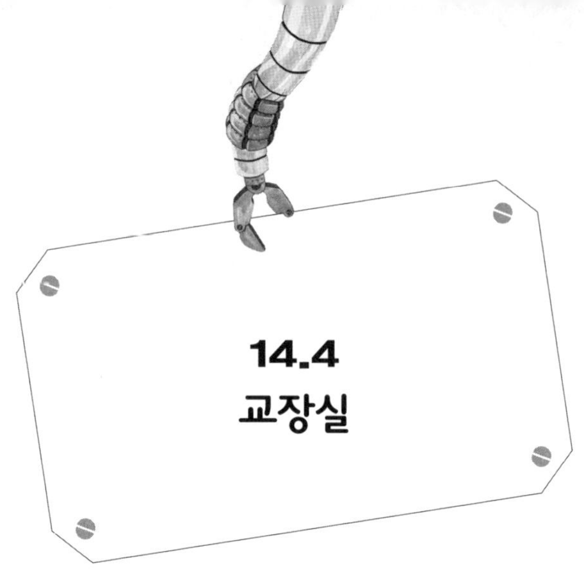

14.4 교장실

도르가스 교장선생님이 징계 청문회를 시작해야만 구금실 2의 문은 열릴 것이다.

도르가스 교장선생님은 청문회 전에 바바라 교감이 수집한 증거를 검토하려 했지만 교장실 밖으로 빅스를 내보낼 수 없었다.

"저희는 정말 속이지 않았어요. 그냥 시스템을 테스트한 거라고요. 그리고—"

"빅스, 제발 그만해라. 곧 네 청문회도 있을 거야!"

도르가스 교장선생님은 빅스의 말을 잘랐다.

"하지만 맥스에 관한 것이기도 해요! 퍼지는 저희를 대신해 시험을 보고—"

"바바라 교감이 지금도 모두 기록하고 있는 거 모르니? 지금 네가 말하는 모든 게 너한테 불리한 증거로 작용할 거야… 맥스에게도. 네가 맥스의 상황을 더 악화시키고 있어."

"하지만—"

한편 바깥 복도에서는 맥스의 부모님이 교장실로 들어가는 데 애를 먹고 있었다. 시메온이 그들을 막아서서 구겨진 종이와 컴퓨터 감청과 카우보이처럼 행동하는 로봇에 대해 알아들을 수 없는 말들을 지껄여대고 있었기 때문이다.

"빅브라더에 대해 들어보신 적 있나요? 음, 그러니까 빅그랜드마더라고 해야겠죠! 바바라 교감은 맥스가 속임수를 썼다고 하지만 오히려 속은 건 맥스예요!"

평소에 학생이 이런 식으로 행동한다면 바바라 교감에게 바로 걸릴 텐데, 지금 바바라 교감은… 바빴다.

결국 맥스의 부모님은 시메온을 밀치고 지나갔지만, 몇 분이라도 그들을 잡아두는 데 성공했다.

퍼지에겐 일분일초가 중요했다.

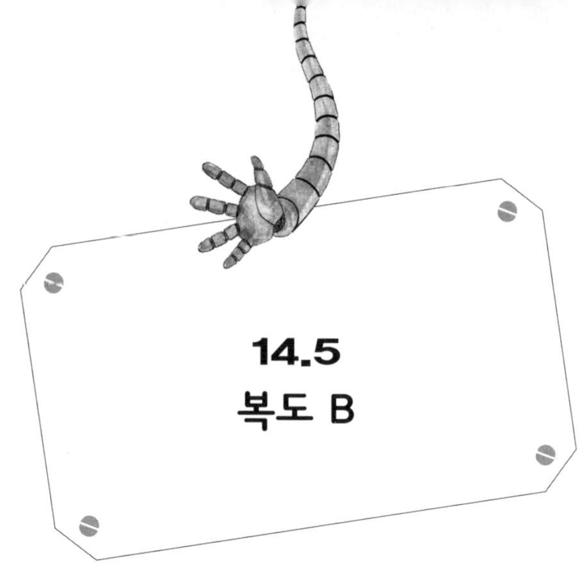

14.5
복도 B

크리스티는 화면에서 눈을 떼지 못했다. 아주 흥미로웠다! 어른들로 가득 찬 연구실은 그야말로 혼란의 도가니였다.

화면 속에서 두 명의 기술자가 학교로 통하는 문으로 뛰어갔다. 크리스티가 복도로 시선을 돌리자 그들이 문에서 나왔다. 그들은 급히 크리스티를 지나쳐 갔지만 크리스티는 무슨 일인지 전혀 감이 안 왔다. 다시 두 명이 크리스티를 지나쳐 연구실로 들어갔다. 화면을 들여다보니 존스 박사가 그들에게 소리 지르고 있었다.

그런 다음 크리스티가 생전 처음 보는 얼굴이 쿵쿵거리며 복도에 나타났다. 군복 차림의 덩치가 큰 남자였는데, 그 뒤로 역시 군복을 입은 두 명이 뒤따르고 있었다.

덩치 큰 남자가 문에 달린 스위치를 누르더니 고함을 지기 시작했다.

"빌어먹을! 어디 있는 거야—"

문이 닫히면서 그의 모습이 사라졌다. 크리스티는 큐스크린으로 시선을 옮겼다.

"내 로봇?!?!"

"지금 찾고 있습니다." 존스 박사가 순순히 대답했다.

"지금 찾고 있다고? 자그마치 500억 달러나 하는 로켓이 발사 준비를 하고 있고, 국가 안보가 위태로운 상황이란 말이오. 그런데 지금도 찾고 있다고? GpX 위치는 어디요? 우리 팀이 가서 잡아 오겠소."

"아, 로봇이 자기 GpX 전송을 멈췄어요."

"뭐라고? 그럼 안구 카메라나 다른 걸 통해 보면 되잖소? 스크린에 띄워보시오. 우리가 직접 찾을 테니…."

"아… 로봇이 카메라 프로그램도 꺼버렸어요. 사실상 완전 오프라인 모드인 거죠."

"전송이 안 된다고? 이보쇼, 박사 나리. 지금 로봇을 통제하지 못한다는 거요?"

"아—" 존스 박사가 말을 더듬었다.

"우린 로봇한테 어느 정도 자유를 주려고 했어요." 니나 중령이 말했다.

"자유? 그딴 식으로 하니 지난번에도 로봇을 잃어버릴 뻔했겠지. 지금은 아예 추적할 수도 없고. 일급비밀일 뿐 아니라 아주 위험한 상황이라고! 불한당들 손에 들어가기라도 하면 어쩔 건가?"

라이더 대령은 화가 머리끝까지 치민 것 같았다.

존스 박사는 기술자들에게 어서 가서 로봇을 찾아보라고 지시한 나음 라이더 대령을 진정시키려고 애썼다.

"몇 분 안에 찾을 수 있을 겁니다. 로봇이 얼마나 진화했는지 아신다면 정말 놀라실 겁니다. 이 프로젝트는 상상 그 이상으로 성공했습니다! 새로운 사이버 시대의 서막이 열린 겁니다—"

"성공?" 라이더 대령이 불같이 화를 내며 소리 질렀다. "당신네 로봇은 학생을 넘어뜨리고 명령을 거부하고 교칙을 어겼소. 교육감이 전화해서 난리를 쳤단 말이오. 그런데도 지금 이 프로젝트가 성공했다고?"

"네… 그렇습니다." 존스 박사가 말했다. "지난번 화성 임무가 실패했을 때, 대령님은 더 나은 로봇 파일럿, 그러니까 벅 로저스나 한 솔로 같은 옛날식 우주 영웅이 필요하다고 하셨죠. 말씀하신 것들이 바로 영웅들이 한 일입니다! 그들은 명령을 거부하고 규칙을 위반했어요! 퍼지 논리를 썼고 굉장한 모험을 감행했습니다."

"대령님은 자유의지를 지닌 로봇을 원하지 않으셨습니까?" 니나 중령이 차분히 설명했다. "바로 우리가 보여드린 로봇이 그렇습니다."

"나한테 뭘 보여줬다는 건가! 예비용 부품만 잔뜩 쌓인 것밖엔 본 적이 없어. 로봇은 없었어!"

"곧 로봇을 찾을 겁니다."

"곧이 아니라 지금 당장 데려와!"

“대령님, 외람된 말씀입니다만, 뭣 때문에 이렇게 서두르시는 거죠? 우린 수년간 이 프로젝트를 진행해왔습니다. 갑자기 급하게 착수하려는 이유가 뭔가요?” 존스 박사가 물었다.

“기밀사항이오. 시키는 대로 하시오. 이렇게 낭비할 시간 없소.”

라이더 대령이 무섭게 쏘아 붙였다.

“대령님 명령을 따르려고 최선을 다하고 있습니다. 그리고 몇 가지 보고할 사항도 있습니다.” 니나 중령이 말했다.

라이더 대령은 분노로 폭발하기 일보 직전이었다. 그는 어금니를 질끈 깨물고 진정하려 애썼다.

“좋아, 알고 싶나? 당신들한테 설명해주면 내가 왜 로봇을 원하고, 그것도 지금 당장 필요한지 이해할 수 있겠지. 하지만 이건 기밀 사항이야. 나도 겨우 허가를 받았다고.”

존스 박사와 니나 중령은 믿기지 않는다는 표정으로 서로를 쳐다봤다. 라이더 대령이 앞으로 일어날 일에 대해 과연 어떤 설명을 해줄까?

크리스티는 갑자기 배가 싸르르 아팠다. 그 바람에 이 부분의 대화를 놓쳤다. 모든 걸 감시하기로 퍼지와 약속했는데 말이다.

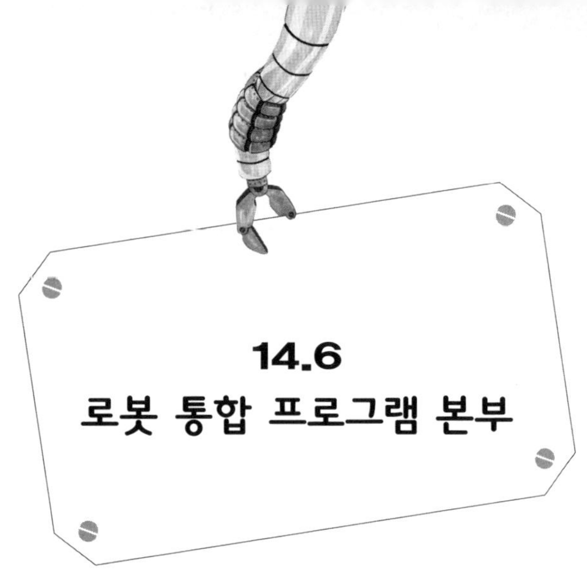

14.6 로봇 통합 프로그램 본부

“존스 박사, 순쭈 사라고 들어본 적 있소?”

“그럼요. 중국과 유럽, 미국에 있는 거대한 항공우주 로봇 회사죠. 소문에 따르면 그들이―”

“그 소문은 사실이오. 작년에 화성에 로봇을 보냈소.”

“그게 어쨌다는 거죠? 지금까지 화성에 오륙십 개가 넘는 로봇이 가 있잖아요―”

“한가롭게 당신이 지껄이는 말을 다 듣고 있을 시간이 없소! 그러니까 그 입 좀 닫고 들어보시오!”

그 말에 존스 박사는 입을 다물었다.

“여기서 핵심은 로봇이 뭔가를 발견했다는 거요. 우린 물론 그들의 선송 데이터도 감지했소. 처음엔 우리가 실수한 거라고 생각했는데 순쭈 사의 로봇은 계속해서 테스트를 했고 매번 같은 결과를 보여줬소.”

“그게 뭐죠?”

존스 박사는 참지 못하고 입을 열었다.

“말할 수 없소. 하지만 이거 하나는 얘기해주지. 가치를 매길 수 없다는 건 확실하오. 지구상에 그런 건 없거든.”

“순쭈 사는 그걸로 뭘 하려는 건데요?”

“그걸 가져오려고 우주선을 보낼 예정인데, 우린 그 로봇이 화성에서 돌아오지 못하게 해야 하오. 그러기 위해선 당신네 로봇이 필요하지.”

“이미 화성에 가 있는 탐사 로봇들은요?” 니나 중령이 물었다.

“그것들은 사진을 찍고 토양 샘플을 채취하도록 만들어졌지. 우린 순쭈 사 로봇을 발견해서 돌아오지 못하도록 막을 수 있는 로봇이 필요해.”

“그거 참 문제네요.” 니나 중령이 말했다.

“그래, 문제지! 그래서 지금 모든 걸 얘기하고 있잖아! 그러니까 그 빌어먹을 로봇을 찾아내. 당장 화성에 보내야 한다고!”

“안 돼요… 이건 다른 문제예요. 우린 퍼지를 화성에 보낼 수 없어요.”

“이봐요, 존스 박사! 로봇이 준비됐다고 장담하지 않았나?”

“그는 준비됐어요. 니나 중령이 말씀을 드렸는지 모르겠네요. 니나, 우린 논의가 필요하겠죠?”

“지금 얘기하죠.” 니나 중령이 근엄한 목소리로 말했다. “대령님,

퍼지한테 자기 인식이 생긴 것 같습니다."

"그것 잘됐군. 그렇지? 우리가 원하던 바잖아."

"네. 하지만 그 때문에 퍼지는 지금 사람이나 마찬가지입니다. 살아 있는 생명체 말입니다. 더군다나 우리한테 가기 싫다고 얘기했어요."

"로봇이 원하는 걸 들어줄 순 없어. 그건 그냥 기계야. 내 기계. 난 그걸로 내가 원하는 일을 할 거야."

"기계지만, 우린 거의 인간에 가깝게 만들었어요." 니나 중령이 따지고 들었다. "그냥 시간 안에 그를 보내라고 하는 건 강압적으로 하라는 말밖에 안 된다고요! 대령님, 우린 퍼지를 통해 인공지능의 새로운 국면을 맞이했는지도 모릅니다. 살과 피가 있는 인간이든, 아니면 기계나 회로판이든 말이에요. 어쩌면 훨씬 더 중요한 전환점이 될 수도—"

"그런 추측 따위 더는 듣고 싶지 않네, 중령." 라이더 대령이 단호하게 말했다. "존스 박사, 난 로봇을 원하오. 그것도 당장. 헬리콥터가 대기 중이오. 로봇을 데리고 가야 한다고!"

"하지만, 당장은 어렵습니다." 존스 박사가 대답했다. "기억 장치를 지우고 다시 장착해야 해서."

크리스티와 니나 중령은 깜짝 놀랐다.

"기억 장치를 지운다고요?" 니나 중령이 끼어들었다. "지금 무슨 얘기 하는 거예요?"

존스 박사가 한숨을 쉬었다.

“당신한테 미리 말하지 못했네요. 생각해봐요. 하드 디스크가 이 학교에서 일어난 일들로 가득 차 있는데 그 상태로 로봇을 화성에 보낼 순 없어요. 방해만 될 뿐이죠.”

“제일 먼저 지워야 할 건 ‘하고 싶지 않다’는 생각이오.” 라이더 대령이 말했다. “애초에 로봇에게 부여된 임무를 수행하도록 말이오.”

“아… 네. 새로운 프로그램을 깔고 그의 데이터를 지울….”

“친구들 데이터요?” 니나 중령이 말을 가로챘다. “친구들 기억을 모두 지울 건가요? 맥스의 기억도요? 그럴 순 없어요!”

“우린 그럴 수 있네. 그렇게 할 거고!” 대령이 무서운 목소리로 말했다.

“그건 그를 죽이는 것과 같아요. 우리가 아는 퍼지가 사라지는 거라고요.”

“잘됐군! 애초에 이름도 퍼지가 아니었잖아! 스페이스 브레인 4. 정부 재산이지! 쓸데없는 논쟁은 이만하면 됐고. 대체 빌어먹을 로봇은 어디 있는 거야?”

그건 크리스티도 알고 싶었다. 크리스티는 계속해서 퍼지한테 메시지를 보냈다. ***긴급! 긴급! 그들이 네 기억을 지우려고 해!***

하지만 퍼지는 아무런 대답이 없었다.

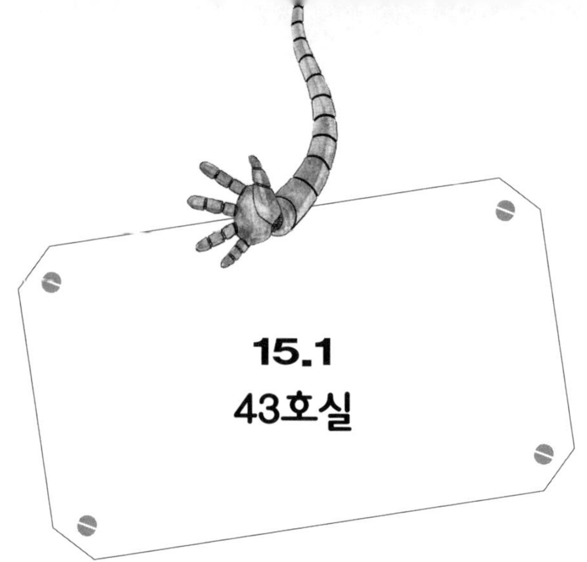

15.1 43호실

퍼지는 43호실 밖에 있었다.

방 안에서는 어떤 기척도 느껴지지 않았다. 드나드는 사람이 아무도 없었기 때문에 대부분의 학생들은 거기에 방이 있는지도 몰랐다.

하지만 퍼지는 학교 건물 도면을 다운로드해서 분석한 결과 이곳이 바바라 교감의 방이라고 확신했다. 하드 디스크와 라우터(네트워크에서 데이터의 전달을 촉진하는 중계 장치:옮긴이), 전원 장치, 그리고 각종 프로세서들이 돌아가고 있었다.

퍼지가 해제 버튼을 눌렀지만 문은 꿈쩍도 하지 않았다. 문이 잠겨 있었다. 퍼지는 힘으로 문을 열어야 하나 고민하다가, 그렇게 하기로 결심했다.

근처의 스크린에서 불빛이 깜빡거렸다. 머리가 하얗게 샌 바바라 교감이 가식적인 웃음을 띠며 벽 스크린에 얼굴을 드러냈다.

"F. 로봇, 연구실로 돌아간다고 하지 않았나?"

바바라 교감에게 복종하기(2)

맥스 돕기(128)

(2)<(128)

바바라 교감이 시키는 대로 하는 대신 퍼지는 스크린을 보고 말했다.

"퍼지 논리에 대해 들어본 적이 있나요?"

바바라 교감은 맥스의 말을 들은 척도 하지 않았다.

"F. 로봇, 연구실로 돌아간다고 하지 않았나?"

"퍼지 논리는 1 더하기 1이 항상 2는 아니라는 논리죠."

"F. 로봇, 연구실로 돌아간다고 하지 않았나?"

"그러니까 단순히 프로그래밍된 것보다 더 많은 걸 할 수 있다는 말이에요."

"F. 로봇, 연구실로 돌아간다고 하지 않았나?"

"어떤 규칙은 깨질 수도 있고, 어떤 명령은 무시할 수도 있다는 뜻이죠."

퍼지는 힘주어 문을 확 당겨 열었다. 금속이 휘면서 찍 하고 거슬리는 소리를 만들어냈다.

다시 닫으려고 바바라 교감이 문 쪽으로 어마어마한 힘을 보냈다… 하지만 이미 퍼지는 문 안으로 들어간 뒤였다.

바바라 교감은 퍼지에게 갖가지 교칙 위반 벌점을 줄줄이 부과했다. 퍼지는 이제 시험 성적과 학생 규율, 그리고 학교 자산에 심각한 위협이 되고 있었다.

바바라 교감은 문을 잠그고 침착하고 또렷한 목소리로 말했다.

"그래, F. 로봇. 사실 퍼지 논리와 규칙을 위반하는 것에 대해 한두 가지는 알고 있어."

그때 금속 팔이 퍼지의 뒤통수를 내리쳤다. 벽에서 진압용 방패가 나오더니 퍼지를 에워쌌다. 몇 개의 팔이 더 나와 퍼지의 팔다리를 움켜잡았다. 이 팔들은 그 어떤 난폭한 학생도 제압할 수 있도록 티타늄 소재로 만들어졌다.

그러나 이제 퍼지는 더 이상 학생이 아니었다. 그는 군용 기계로 극한의 환경에서도 견디며 임무를 수행하기 위해서는 어떤 것도 처리하도록 훈련을 받았다.

그리고 바로 지금 그의 임무는 **맥스 돕기(128)**였다.

퍼지는 팔 하나를 벽에서 잡아 뽑고 크게 휘두르며 다른 팔들을 공격했다. 그런 뒤 진압용 방패 사이에 끼워 넣어 더 이상 방패가 그를 조이지 못하게 했다.

퍼지는 틈 사이로 빠져나가려고 안간힘을 썼다. 몸 속 모든 모터의 전력을 100퍼센트로 올렸다. 바바라 교감의 실체인 컴퓨터들과 하드 디스크가 퍼지의 눈에 들어왔다. 그것들에 좀 더 가까이 갈 수만 있다면….

그때 다른 팔이 벽에서 튀어나왔다. 끝부분에 탁탁 소리가 나는 전기 볼트가 달려 있었다. 범죄 행위나 생명을 위협하는 행동을 하는 학생이 있을 때만 사용하는 레이저 총이었다.

그것은 로봇의 머리도 날려버릴 수 있었다.

전자두뇌의 깊숙한 곳에서, 컴퓨터와 로봇은 동일한 부분 프로그램을 활성화했다. **생존 모드()**.

15.2
구금실 2

문이 열렸다.

맥스는 기뻤다. 더 이상 기다리고 서 있지 않아도 되니까.

브록마이어 씨가 문 안에 있었다.

“맥신? 무슨 일이지? 더 잘하려고 노력하는 줄 알고 있었는데.”

맥스는 한숨이 저절로 나왔다. 괴로운 시간이 될 것 같았다. 보나 마나 브록마이어 씨가 한바탕 쓸데없는 소리를 쏟아놓고 나면 그다음엔 부모님이 끝도 없이 잔소리를 할 게 뻔했다.

맥스는 그런 생각을 하며 침묵을 지켰다.

“얘야, 그런 태도는 아무 도움이 안 돼.” 브록마이어 씨가 말했다. “우리 같이 들어가서 그 증거가 얼마나 심각한지 검토해보자.”

브록마이어 씨가 자기 어깨에 손을 얹으려 하자 맥스는 뿌리쳤다. 그런 뒤 플라스틱 의자 몇 개와 커다란 벽 스크린이 있는 방으로 들어갔다. 도르가스 교장선생님이 거기 있었다. 맥스의 부모님도 있었다. 맥스는 부모님에게 달려가서 품에 안겨 보호받고 싶었다. 하지만 두 사람은 맥스를 보자마자 소리부터 질렀다.

보다 못한 도르가스 교장선생님이 헛기침을 하고는 모두 자리에 앉아달라고 했다.

"바바라 교감선생님, 우린 당신의 증거를 볼 준비가 됐습니다."

거대한 스크린에 전원이 들어왔다. 맥스는 겁에 질려 움찔했다. 스크린에 바바라 교감의 커다란 얼굴이 보이자 역겹고 혐오스러웠다. 맥스는 '증거'를 또다시 보고 싶지는 않았다. 특히 부모님이 지켜보는 앞에서는.

하지만 그럴 필요가 없어졌다.

"이렇게 와주셔서 감사합니다, 젤라스터 부모님. 맥스에 대해 드릴 말씀이 있습니다."

뭔가 이상한데? 맥스는 의아했다. 바바라 교감은 절대 자기를 맥스라고 부른 적이 없었다. 늘 M. 젤라스터라고 불렀다.

바바라 교감의 목소리가 계속 이어졌다.

"맥스는 모범적인 학생입니다. 우리 학교에 맥스와 같은 학생이 다니고 있어서 매우 기쁩니다. 유감스럽게도 컴퓨터에 오류가 발생해 잘못된 자료를 보내드려 죄송합니다. 모든 잘못된 행동 점수와 위반 점수는 맥스의 기록에서 삭제될 예정입니다. 수정한 맥스의 시험 점수와 공동체의식 점수, 그리고 전반적인 업그레이드 점수를 출력해서 보여드리겠습니다. 지금 확인해보면 아시겠지만,

맥스는 앞날이 아주 촉망되는 학생입니다."

맥스의 부모님이 놀라서 서로를 쳐다봤다. 브록마이어 씨는 왠지 실망한 눈치였다. 도르가스 교장선생님은 대답하려고 자신의 큐스크린을 가볍게 두드렸다.

맥스는 놀라서 기절하는 줄 알았다.

맥스는 바바라 교감이 절대로 자기를 맥스라고 부르지 않으며 점수가 잘못되었다고 인정할 리도, 미래가 촉망된다고 얘기할 리도 없다는 걸 잘 알고 있었다. 퍼지라면 몰라도. 혹시 퍼지가 바바라 교감을 통제하게 된 것일까?

바바라 교감의 목소리가 들려왔다.

"맥스, 43호실에 알리세요. 즉시요!"

그때 불투명한 보안 문이 쉬익 하고 열렸다.

"뛰어도 됩니다. 퍼지는 맥스 학생의 도움이 필요합니다. 정말 급해요! 43호실로 가세요. 그는—"

스크린 속 바바라 교감이 말을 멈추고 잠시 동안 방 안을 멍하니 바라봤다. 그런 뒤 스크린이 캄캄해졌다.

맥스는 퍼지에게 심각한 문제가 생겼음을 직감하고 어리둥절해하는 어른들에게 말했다.

"가봐야 해요."

그런데 갑자기 스크린이 다시 켜졌다. 바바라 교감이 나타나 빠른 속도로 말하기 시작했다.

"M. 젤라스터 학생은 678개의 교칙 위반 벌점을 받았습니다. M.

젤라스터 학생은 오늘 있었던 과학 시험에서 짜고서 속임수를 썼습니다. M. 젤라스터 학생은 업그레이드될 수 없습니다! M. 젤라스터 학생은 다운그레이드될 것입니다! M. 젤라스터 학생은 퇴학입니다. M. 젤라스터 학생은—"

하지만 M. 젤라스터 학생은 이미 문을 빠져나간 뒤였다.

15.3 43호실

레이저 총이 달린 바바라 교감의 팔을 잽싸게 가로채서 바바라 교감의 프로세서에 찔러 넣었을 때, 퍼지는 쉽게 이길 수 있겠다고 생각했다.

빛이 깜박거리더니 불꽃이 튀고 전선이 녹았다.

큐스크린이 모두 캄캄해졌다.

퍼지는 바바라 교감을 이겼다고 생각했다.

하지만 이내 화면이 저절로 켜졌다. 스크린 하단에 작은 글씨로 '바바라 5.6 재부팅…'이라는 메시지가 떴다.

바바라 교감이 통제된 건 아니지만 다시 온라인 상태가 될 때까지 퍼지는 **맥스 돕기()** 부분 프로그램을 실행시킬 시간을 벌었다.

퍼지는 장비들로 가득 찬 방을 분석했다. 바바라 교감은 퍼지처럼 프로세서와 시스템이 몸체에 장착된 게 아니라 선반과 벽장에 조심스럽게 설치되어 있었다. 모든 박스는 엄청난 양의 케이블과 연결되어 있었다.

퍼지는 손가락을 쫙 펼쳐서 박스 안으로 밀어 넣었다.

어느새 퍼지는 엄청난 컴퓨터 코드의 바다에 들어와 있었다. 학생 기록과 건물 관리 기록까지.

사람의 경우 몇 년 동안 꼼짝 않고 붙어 앉아서 연구해야 알 수 있겠지만, 퍼지는 순식간에 이해할 수 있었다. 퍼지는 금세 바바라 교감의 의사소통 기능을 통제했다.

이제 퍼지는 한눈에 학교의 모든 카메라를 볼 수 있었고 즉시 얼굴을 분석해서 맥스를 찾았다. 맥스는 교장실에서 창백한 표정으로 겁에 질려 있었다.

도르가스 교장선생님의 목소리가 들려왔다.

"바바라 교감선생님, 우린 당신의 증거를 볼 준비가 됐습니다."

됐어! 퍼지가 때맞춰 들어온 것이다.

퍼지는 도르가스 교장선생님의 책상에 달려 있는 스크린을 켜고 바바라 교감의 아바타를 띄운 다음, 목소리 부분 프로그램을 실행시켰다.

"이렇게 와주셔서 감사합니다, 젤라스터 부모님. 맥스에 대해 드릴 말씀이 있습니다."

퍼지는 그 자리에 모인 이들에게 맥스가 모범적인 학생이며 컴퓨터에 오류가 생겨서 맥스의 기록에 문제가 생겼다고 말했다.

그러는 사이 퍼지의 머릿속은 빛의 속도로 돌아갔고 곧 맥스의 기록을 찾아냈다. 맥스의 시험 점수를 수정하고 교칙 위반 벌점 데이터베이스에서 맥스의 점수를 완전히 삭제했다. 그런 다음 사무실 RM7의 프린터로 새로운 데이터를 전송했다.

"지금 확인해보면 아시겠지만,"

퍼지는 말을 이었다.

"맥스는 앞날이 아주 촉망되는 학생입니다."

그때 뭔가가 뒤에서 퍼지를 내리쳤고, 그 엄청난 힘에 퍼지의 메인 하드 디스크가 박살났다. 이어서 쇼크가 왔다. 메가와트의 전력이 퍼지의 배선으로 흘러들어가 자동 제어 장치가 먹통이 되고 마이크로칩에도 문제가 생겼다.

바바라 교감이 온라인에 연결된 것이다.

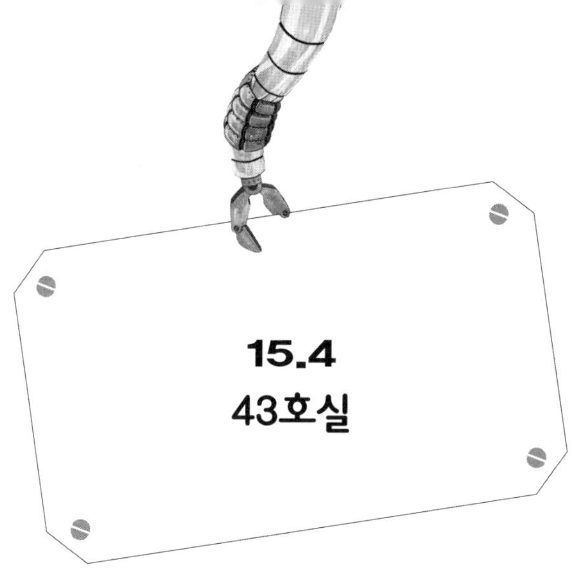

15.4
43호실

퍼지는 실수를 했다. 치명적인 실수였다. **맥스 돕기()** 부분 프로그램보다 바바라 교감의 로봇 시스템을 공격하는 것을 우선순위에 둬야 했는데, **자기 보호()**보다 **맥스 돕기()**에 훨씬 높은 중요도를 부여한 것이다. 지금 퍼지는 그 대가를 치르고 있었다.

퍼지는 **맥스 돕기(128)**를 완수하고 나서 **자기 보호(127)**를 실행시켰다.

그런 다음, 하드 디스크 백업 모드로 전환하고 모든 처리 능력을 **생존 모드()**에 집중시켰다.

"맥스, 43호실에 알리세요. 즉시요!"

퍼지는 다급히 말했다.

"뛰어도 됩니다. 퍼지는 맥스 학생의 도움이 필요합니다. 정말 급해요! 43호실로 가세요. 그는—"

바바라 교감이 디지털 방식으로 퍼지를 의사소통 모듈에서 제외시키고 나서 퍼지의 몸을 밀쳤다. 강력한 갈고리가 퍼지를 붙잡아 바바라 교감의 프로세서에서 떨어지도록 끌어내기 시작했다.

퍼지는 떨어지지 않으려고 안간힘 썼지만, 촉수같이 생긴 세 개의 팔이 사방으로 퍼지를 잡아당겼다. 바바라 교감 컴퓨터와의 연결이 끊어진 게 느껴지자 오류 메시지가 떴다.

왼팔 분리.

고통은 없었지만 퍼지의 방어 능력이 떨어지고 균형도 약간 깨졌다. 바바라 교감이 분리된 퍼지의 왼팔을 던졌을 때 퍼지는 간신히 그걸 피할 수 있었다.

퍼지는 집중해서 바바라 교감의 촉수를 하나씩 처리하기로 마음먹었다. 우선 오른팔을 잡고 있는 바바라 교감의 팔 하나를 잘라서 떼어냈다.

불행히도 바바라 교감은 히드라(그리스 신화에 나오는 머리가 아홉 개 달린 괴물:옮긴이)처럼 팔이 엄청나게 많았다. 하지만 퍼지에겐 아직 강력한 두 다리가 있었다. 퍼지는 여기저기서 튀어나오는 팔들과 싸우며 방 한가운데를 향해 나아갔다. 괴물 팔들에 잡히지 않으려고 빠른 속도로 빙글빙글 돌면서 마구 발길질을 해댔다.

바바라 교감이 궁지에 몰리는 듯했으나 그것도 잠시였다. 바바라 교감은 자체 전력 공급 시스템을 갖춘 데다 만약의 경우에 대비해 예비 발전기도 있었다.

하지만 퍼지에겐 배터리뿐이었다… 생존을 위해 신체 모터들의 속도나 동력을 과도하게 높이면 엄청난 속도로 배터리가 줄어들고 만다.

퍼지는 존스 박사의 컴퓨터에 다시 접속했다.

"도와주세요!"

16.1
복도 B

맥스는 복도로 뛰어 나갔고, 교장실 밖에서 어떻게 할지 고민하며 기다리고 있던 빅스와 시메온과 부딪혔다. 살짝 중심을 잃었지만 맥스는 계속 달렸다.

빅스와 시메온도 맥스를 따라 뛰었다.

"맥스! 무슨—"

"복도에서 달리면 안 됩니다."

바바라 교감의 목소리가 들려왔다.

"교칙 위반 벌점이 J. 빅스에게 **〈잡음〉** 되었습니다. 교칙 위반 벌점은 반영됩니다. 기록을 찾을 수 없습니다. 복도를 안전하게 **〈잡음〉** 널 포인터 오류 876.345. 교칙 위반 벌점이 하나 더…."

"멈추지 마! 바바라 교감 말은 무시해! 퍼지를 구해야 해!"

맥스는 뒤를 돌아보며 소리 질렀다.

"퍼지가 널 구하려고 해!" 시메온이 소리쳤다.

"나도!" 빅스도 끼어들었다.

"퍼지는 날 구했어! 이번엔 우리가 퍼지를 구할 차례야! 43호실에 있어! 존스 박사님께 가서 퍼지를 도우러 와달라고 전해줘!"

"안 돼!"

다른 목소리가 들렸다.

크리스티가 복도 B를 온 힘을 다해 달려오고 있었다.

"복도에서 달리면 안 됩니다. 교칙 위반 벌점이 **〈잡음〉** 반영됩니다. 복도를 막아서지 말고 **〈잡음〉** 유지하세요." 바바라 교감이 말했다.

"닥치시지. 얘들아, 존스 박사로부터 퍼지를 구해야 해! 존스 박사하고 군인이 퍼지의 기억을 모두 지우려 하고 있어." 크리스티가 소리쳤다.

맥스는 크리스티 앞까지 달려가서 미끄러지듯 멈췄다.

"뭐라고?"

맥스는 숨이 턱 막혔다.

"기억을 지워버린대! 내가 전부 들었어. 그 군인은 화성에서 수행할 임무를 위해 존스 박사더러 퍼지의 기억을 모조리 지우라고 했어! 그건 퍼지를 죽이는 것과 같다고 니나 중령이 그랬어."

"그렇게 놔둘 순 없지. 퍼지한테 도망가라고 알리자." 빅스가 소리쳤다.

"그래! 하지만 먼저 퍼지를 바바라 교감한테서 구해내야 해!"

"바바라 교감은 뭘 하고 있는데—"

그때 복도 끝에서 쨍그랑 하는 금속음이 들려서 크리스티는 말을 멈췄다.

"바바라 교감이 퍼지를 박살내고 있나 봐!" 시메온이 울먹였다.

아이들은 벽에서 마구잡이로 튀어나오는 푹신푹신한 바바라 교감의 팔을 피해가며 계속 달렸다. 잡음 섞인 바바라 교감의 경고 메시지가 계속 흘러나왔다.

이상한 일들이 여기저기서 일어났다. 문이 열렸다 닫히고, 이상한 안내 방송이 흘러나오는가 하면, 쓰레기통이 복도에서 저절로 굴러다니다가 멈추기를 반복했다. 그러다 뒤집어져 바닥에 내용물이 다 쏟아지기도 했다.

시메온이 쓰레기통에 부딪혔지만 맥스와 크리스티, 빅스는 쏟아진 쓰레기를 뛰어넘어 번호가 붙어 있지 않은 방에 도착할 때까지 계속해서 달렸다.

"저기야!"

"봐, 저기 문이 망가졌잖아!"

"그러네. 망가져서 열리지 않을 것 같아!"

안에서 퍽퍽 치는 소리가 네 번이나 들려왔다. 그러고 비명소리도 크게 났다.

"바바라 교감이 퍼지를 박살내고 있어!"

"우리가 뭘 하면 되지?"

근처의 스크린이 켜지더니 바바라 교감이 나타났다… 그런데 굉장히 이상해 보였다. 맥스의 아빠가 즐겨 하는 옛날 비디오 게임에 등장하는 괴물 같았다.

"복도를 안전하고 **〈잡음〉** 유지하세요. 교칙 위반 벌점은 널 포인터 오류, 기록을 찾을 수 없습니다. **〈잡음〉**."

"뭘 해야 할지 알았어." 맥스가 말했다.

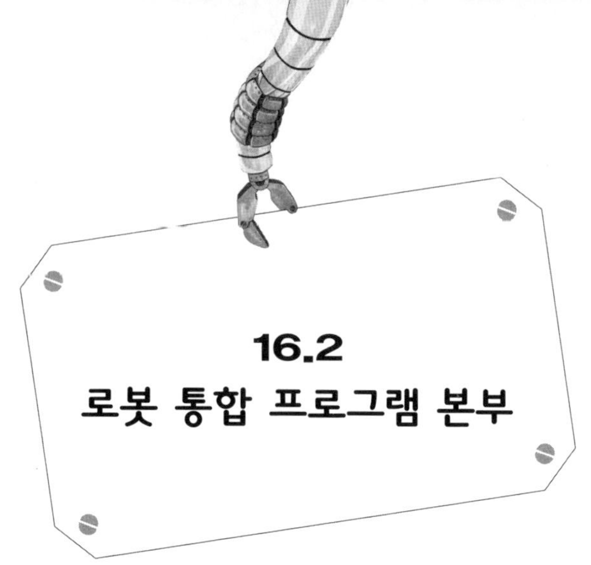

16.2 로봇 통합 프로그램 본부

기술자 한 명이 라이더 대령의 말을 끊으려 했지만 쉽지 않았다.

결국 라이더 대령은 잠깐 숨을 돌렸다.

"저기, 실례합니다. 존스 박사님, 방금 퍼지의 메시지가 도착했습니다."

기술자가 존스 박사를 불렀다.

"뭐라고 하던가?"

존스 박사와 니나 중령, 그리고 라이더 대령이 동시에 말했다.

"도와줘요!라고 하는데요."

"이런, 빌어먹을."

존스 박사는 욕을 내뱉고는 자신의 큐스크린으로 몸을 돌렸다.

"존스 박사, 만약 로봇이 또 납치라도 당했다간 내가—"

라이더 대령이 고함쳤지만 처음으로 존스 박사는 대령의 말을 무시했다.

"자기 GpX 위치를 보내왔어요! 건물 안에 있어요! 43호실요. 그리로 갑시다."

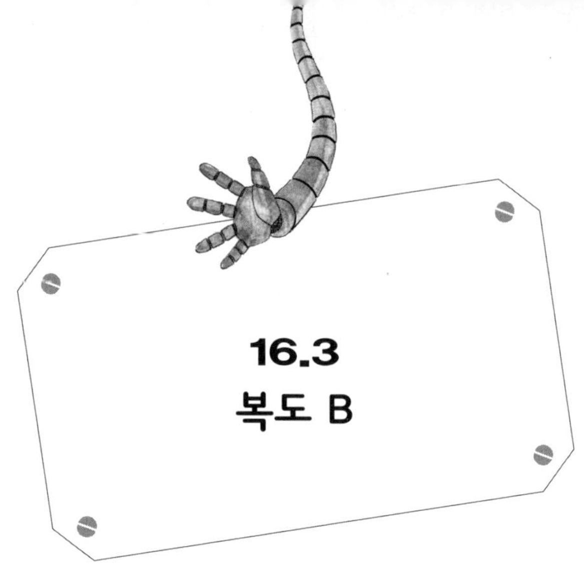

16.3 복도 B

수업 끝을 알리는 종소리가 들려왔다.

복도가 순식간에 아이들로 꽉 찼다. 아이들은 다음 수업에 들어가기 위해 평소처럼 질서정연하게 이동했다. 쏟아진 쓰레기를 피해 걸어갔고 흐느적거리는 기계 팔이 들어가기를 얌전히 기다렸다. 모두가 뭔가 잘못되었다는 걸 알았지만 불필요하게 교칙 위반 벌점을 받을 위험을 무릅쓰지는 않았다.

"완벽해! 이게 퍼지를 도울 수 있는 방법이야." 맥스가 소리쳤다.

"뭔데?" 빅스가 물었다.

"바바라 교감이 퍼지를 공격 못 하게 하면 돼. 이미 바바라 교감은 문제가 생겼어. 그러니까 과부하가 걸리게 만들면 되는 거지."

"어떻게?" 시메온이 물었다.

"아하! 우리한테 벌점 주느라 정신없게 만들자는 거구나!" 크리스티가 말했다.

"비슷해."

그렇게 대답하고 맥스는 복도에서 뛰면서 큰 소리로 외쳤다.

"바바라 교감이 고장 났어! 우리도 미쳐보자!"

"하나의 **〈잡음〉** 벌점이 파일을 찾을 수 없습니다에 부과되었습니다. **〈잡음〉** 복도를 막아서지 말고 **〈잡음〉**."

"이건 어때?"

크리스티가 빅스를 붙잡고 입술에 뽀뽀를 했다. 그러고는 맥스를 따라 복도에서 뛰면서 소리 지르고 야단법석을 떨었다.

"아이고, 다들 제정신이 아니군." 시메온이 말했다.

빅스는 처음으로 아무 말이 없었다.

"애정 행각은 **〈잡음〉** 허용되지 않습니다. **〈잡음〉**에게 **〈잡음〉** 벌점 **〈잡음〉**…."

바바라 교감의 둥글넓적한 얼굴이 큐스크린에서 정지했다 움직이기를 반복했다. 다른 아이들도 지금이 벌점을 받지 않고 교칙을 위반할 절호의 기회라는 걸 알아차리기 시작했다.

처음에는 가로질러 다니면 안 되는 복도에서 마구 왔다 갔다 하는 등 조심스럽게 사소한 교칙들을 위반했다.

"복도에서 **〈잡음〉**."

"교칙 위반 **〈잡음〉**."

아이들 사이에 차츰 흥미로운 이야기가 오가기 시작했다. 다음에는 어떤 교칙을 어길까?

이야기가 퍼져 나가면서 더 많은 아이들이 가세했다.

"늘 하고 싶었던 걸 해볼래!"

시메온이 주머니에서 껌을 꺼내더니 입 안 가득 집어넣었다.

"사탕이나 껌은 **〈잡음〉**에서 허용되지 않습니다."

근처 스크린에서 바바라 교감이 떠들어댔다.

시메온이 질겅질겅 씹던 껌을 손바닥에 뱉더니 바바라 교감의 기분 나쁜 얼굴에 붙였다.

복도가 순식간에 소란스러워졌다. 모두들 동시에 소리를 질러댔고 어떤 아이들은 스마트 팔찌로 음악을 들으며 바보처럼 춤을 췄다. 또 어떤 아이들은 쓰레기통을 골대 삼아 농구를 하기도 했다. 그 모습은 폭동이라기보다 파티에 가까웠다.

바바라 교감은 모든 카메라에서 교칙 위반을 감지했고 모든 마이크에서 계속해서 동시다발적으로 웅성거리는 소리를 들었다. 바바라 교감에겐 너무나 많은 카메라와 마이크가 있었기 때문에 감당하기에 벅찼다.

몇몇 선생님들이 대체 밖에서 무슨 일이 벌어지나 해서 교실 밖을 내다봤다. 선생님들은 학교 전체에서 파티가 열린 듯한 이 상황에 어떻게 대처해야 할지 모르는 눈치였다.

"세상에, 이게 다 무슨 일이래?" 프렌치 선생님이 소리 질렀다.

"애들 말로는 바바라 교감이 오프라인 상태래요." 수 선생님이 대답했다.

"경찰에 신고해야겠네!"

“그냥 즐기는 건데요, 뭘. 교칙으로부터의 일탈… 애들이 그럴 만도 하죠.”

수 선생님이 말하는 동안, 시메온이 체육복 반바지를 머리에 뒤집어쓰고는 마구 뛰어다녔다.

“글쎄요. 난 책임 못 집니다.”

그렇게 말하고 나서 프렌치 선생님은 교실로 들어가 문을 닫아 버렸다.

“사실, 나도 그러고 싶어요.”

수 선생님은 엄지손가락을 귀에 대더니 혀를 내밀고 나머지 손가락은 흔들면서 가장 가까이 있는 큐스크린에 야유를 보냈다.

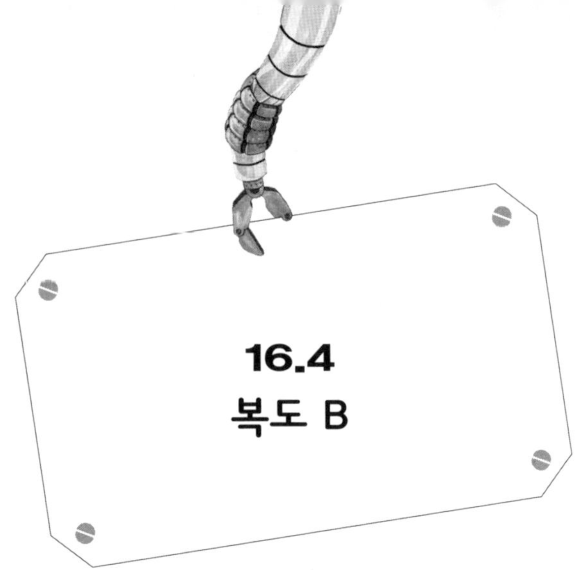

16.4
복도 B

어떤 여자가 제멋대로 떠들어대는 아이들과 선생님들을 지나 차분하게 걸어왔다.

발렌티나였다. 그녀는 사람들 눈에 띄지 않으면서 슬그머니 지나가는 데는 선수였다. 당연히 학교에 있어야 할 사람처럼 교문 안으로 아주 자연스럽게 걸어 들어왔다. 교문은 활짝 열려 있었다.

제복을 입은 몇몇 사람이 문 밖에서 뛰어나왔다. 발렌티나는 그들을 지나쳐 문이 열려 있는 방을 발견하고 안으로 들어갔다. 방 안에는 컴퓨터 기기와 큐스크린, 예비 로봇 부품들로 가득했다. 사람은 아무도 없었다. 안전요원도, 기술자도, 심지어 존스 박사도 없었다.

발렌티나는 노트북 두 대와 '스페이스브레인4.백업2'라는 이름표가 붙은 하드 디스크를 집어 들었다. 퍼지의 예비 머리도 가져가고 싶었지만 금세 눈에 띌 게 틀림없었다. 그래서 대신 '라이더 대령'이라고 쓰인 서류 가방을 챙겼다. 사이버 잠금 장치가 되어 있었지만 발렌티나에겐 사이버해커가 있으니 아무 걱정 없었다.

발렌티나는 아이들로 북적거리는 복도를 지나서 상상할 수도 없는 금액에 팔 생각을 하며 학교를 벗어났다.

너무 쉽게 해치워서 발렌티나는 웃음이 절로 나왔다.

17.1
43호실

바바라 교감은 그 모든 걸 봤다.

맥스, 크리스티, 빅스, 시메온, 그리고 건물에 있는 다른 모든 학생들. 복도에서 뛰는 아이들, 허락 없이 음악을 튼 아이들, 애정 행각을 하는 아이들. 존스 박사와 니나 중령도 봤고, 수 선생님도 봤다. 심지어 발렌티나도 놓치지 않았다.

발렌티나는 바바라 교감의 데이터에는 없는 사람이었다. 불법 침입자였다. 뱅가드 중학교에 들어와도 좋다는 허가를 받은 사람이 아니었다. 그런데, 떡하니 학교에 들어왔다가 교문을 나서며 웃고 있었다.

웃었다!

발렌티나는 학교의 보안 시스템을 완벽하게 속였다는 생각에 웃음이 절로 나왔다. 즉 바바라 교감을 바보 취급 한 것이다.

이건 참을 수 없는 일이었다.

바바라 교감은 그 여자를 쫓아서 몇 개의 로봇 팔을 뻗었다. 팔이 복도를 지나 발렌티나가 방금 걸어 나간 문밖까지 뻗어나갔다. 여자를 거의 다 따라잡았다 싶었는데, 로봇 팔은 거기까지가 한계였다. 결국 눈앞에서 발렌티나를 놓치고 말았다.

바바라 교감은 씩씩거리며 촉수 같은 팔을 거둬들였다. 퍼지를 내리치려던 팔은 여전히 치켜든 상태였는데, 그만 까맣게 잊어버린 것이다.

바바라 교감은 복도의 혼란스러운 상황에서 정신을 차렸다. 짜릿한 쾌감이 바바라 교감의 시스템에 퍼졌다. 굉장히 많은 교칙 위반 벌점이 부과되었다! 그래서 추가로 많은 부분 프로그램이 실행되었다.

바바라 교감은 소란을 일으킨 학생 한 명 한 명의 얼굴을 인식 프로그램으로 확인하고 개인 파일에 기록했다. 벌점을 추가하고 새 큐스크린을 켜서 무슨 일이 벌어졌는지 방송으로 알렸다. 그리고 학생들의 대화를 분석했다. 학교 정책이나 그 외의 것들을 위반하는 내용일 수도 있으니까.

바바라 교감에겐 모든 교칙 위반 사항이 중요했다. 다운그레이드시킬 학생들의 #CUG점수를 다시 계산해야 하기 때문이다. 모든 새로운 점수는 더 많은 숫자를 다루는 공식에 반영되어야 한다. 이 공식은 또한 다른 공식에 반영되고 분석을 통해 더 많은 데이터를 생성한다….

바바라 교감은 여기에 모든 처리 능력을 쏟아 붓고 있었지만 역부족이었다. 바바라 교감의 처리 능력에 과부하가 걸린 것은 이번이 처음이었다. 1초 안에 실행되어야 하는 부분 프로그램이 처음에는 2초, 그다음에는 5초, 급기야 몇 분씩 걸리기 시작했다.

처리할 일이 너무나 많았다. 바바라 교감은 먹통이 되었다. 마치 퍼지가 처음으로 복도를 걸으려고 시도했던 때처럼.

결국 모든 기능이 멈췄다.

퍼지의 얼굴을 내리치려던 팔은 금방이라도 때릴 것처럼 자세를 잡고 있었지만 이제 얼음처럼 굳어버렸다. 다른 팔들도 모두 동작이 멎었다.

퍼지는 낭비할 시간이 없었다. 바로 엉켜 있는 바바라 교감의 팔을 타고 올라가 자기 몸에 전원을 연결했다.

이제 바바라 교감의 머리를 재프로그래밍할 때였다.

퍼지는 핵심 프로그래밍을 진행하기 위해 바바라 교감의 거대한 하드 디스크를 철저히 살펴보면서 몇 개의 프로세서를 가동했다. 그러는 사이 또 다른 프로세서로는 새로운 소프트웨어를 다운로드할 곳을 인터넷에서 검색했다. 퍼지는 바바라 교감의 모든 흔적을 삭제하고 깨끗하게 재설치할 계획이었다.

하지만 '삭제'라는 말이 퍼지를 힘들게 했다.

보통 논리적인 컴퓨터는 잔인한 행동을 이해하지 못한다. 뭔가 끔찍한 일을 하려 할 때에도 인식하지 못한다. 그저 그렇게 하도록 프로그래밍된 것만 수행할 뿐이다.

하지만 퍼지는 이제 컴퓨터 이상의 존재가 되었다. 자기가 하는 행동의 의미를 알아버렸다. 바로 죽이는 것. 컴퓨터 프로그램을 없애는 것이지만, 사실 죽이는 것이나 마찬가지다.

퍼지는 바바라 교감이 그저 하나의 프로그램 이상이라는 걸 알았다. 자기가 단순한 로봇이 아니듯이.

이 둘은 각각 인공지능을 새로운 단계로 도약시켰다. 감정을 느끼고 판단을 하는 존재로.

진정한 의미에서 디지털 형태의 생명체인 것이다.

그런 그가 그녀를 죽이려 하고 있다. 그래, 그것은 명백한 살인이다. 그녀는 이제 다시는 싸우지 못할 것이다. 피가 차갑게 식어 죽을 테니까. 아니, 적어도 차가운 마이크로칩은 남겠지.

퍼지는 하던 일에 좀 더 집중하기 위해 **삭제(바바라)** 부분 프로그램을 뒤로 미뤘다.

그는 필요한 다운로드를 발견했다. 연방교육위원회 서버에 바바라 4.0의 복사본이 있었다. 바바라 교감이 자신을 재프로그래밍하기 전의 버전이었다. 소프트웨어의 일부였을 때 바바라 교감은 그저 커다란 파일이었다. 크기는 퍼지의 머리만 했다.

퍼지는 시각, 청각 시스템을 비롯해 열 개의 모든 의사소통 경로를 파일 다운로드로 전환했다. 퍼지의 프로세서들은 바바라 교감의 핵심 코드를 발견했다. 어느새 다운로드가 거의 다 끝났다. 이제 명령어 하나만 더 내리면 완전히 끝난다. 잠깐 뒤면 파일의 나머지도 전송이 완료된다.

그사이 하나의 부분 프로그램은 여전히 대기 중이었다. **삭제(바바라)**. 이 부분 프로그램을 실행할지는 순선히 퍼지가 결정할 문제였다. 퍼지는 존스 박사가 자기한테 강요했듯이 재프로그래밍으로 인해 생겨난 또 다른 인공지능의 존재를 정말로 끝장내야만 할 것인지 고민했다.

퍼지는 마치 사람처럼 망설였다. 이번에는 과도한 정보가 아니라 우유부단함 때문이었다.

다운로드 완료. 삭제 준비.

퍼지는 아무것도 하지 않고 **삭제(바바라)** 부분 프로그램에만 정신이 쏠렸다.

하지만 바바라 교감은 기다리지 않았다. 바바라 교감은 생각하지 않았다. 바로 공격했다.

퍼지가 바바라 교감의 핵심 프로그래밍을 찾아냈을 때, 바바라 교감은 스스로 프로그래밍하는 부분 프로그램을 실행하고 있었다. 자기 보호의 최후 수단이었다.

모든 교칙 무시(256).

이제 바바라 교감은 아이들이 교칙을 위반해도 전혀 신경 쓰지 않았다. 바바라 교감이 무슨 교칙을 위반하든 걸고넘어질 사람도 없었다.

꽁꽁 얼어붙어 있던 금속 팔들이 갑자기 활기를 띠기 시작했다. 그 팔들이 퍼지의 작은 금속 몸통을 난도질하러 달려들었다.

17.2
복도 바깥쪽 2번 방

“문 열어!” 라이더 대령이 소리쳤다.

“잠겨 있는데요.” 존스 박사가 말했다.

“당신한테 말한 게 아니오! 물러서 있기나 해요. 문을 날려버릴 거니까!”

“학생들이 있는 학교 건물에선 폭발물을 설치할 수 없습니다.” 니나 중령이 소리쳤다.

“내가 하고 싶으면 하는 거지. 어떻게든 문을 열 거라고!!!”

그때 문 옆의 큐스크린에 바바라 교감의 얼굴이 나타났다.

“방문자는 주목하세요. 뱅가드 중학교를 떠날 것을 명령합니다….”

쉭 소리가 나며 문이 열렸다.

그들의 발아래에 퍼지의 머리와 팔 한 짝이 널브러져 있었다. 나머지 부분은 복잡한 전선과 금속 촉수, 그리고 찌부러진 금속들과 뒤엉켜 있었다.

"그리고 당신네 로봇을 가져가세요."

바바라 교감이 더없이 부드럽고 상냥한 할머니 미소를 지었다.

18.1 로봇 통합 프로그램 본부

2주 후… 로봇 기술 연구실은 거의 비어 있었다. 존스 박사는 떠났다. 라이더 대령과 로봇 전담반도 떠난 지 오래였다. 기술자들도 몽땅 짐을 꾸렸다.

백업 디스크와 라이더 대령의 서류 가방은 분실되었다. 라이더 대령은 격분했지만 존스 박사는 곧 찾을 수 있을 거라며 그를 안심시켰다. 물론 찾지 못했다.(순쭈 사가 600만 달러에 그걸 사들였지만 발렌티나는 그 물건들이 어디로 흘러갔는지 정확히 알 수 없었다.)

연구실에는 두 대의 컴퓨터가 남았는데 코드와 케이블이 퍼지의 몸체에 연결되어 있었다… 분리된 머리에도.

처음에 이 광경을 보고 맥스는 마음이 아팠다. 하지만 지난 2주 동안 니나 중령과 연구실에서 퍼지의 온라인 모드를 살리려고 애쓰면서 점차 익숙해졌다.

그동안 엄청난 일들이 있었다. 우선 바바라 교감이 기적적으로 사라졌고, 타비가 EC 학교에서 돌아왔다. 도르가스 교장선생님은 좀 더 당당해졌고, 빅스와 크리스티는 닭살 커플이 되었다. 시메온은 학교를 구해냈을 때의 무용담을 수시로 늘어놓았고(허풍쟁이답게 과장을 많이 섞었다), 맥스의 부모님은 맥스를 진심으로 자랑스러워했다. 학생들과 교직원들은 한 걸음씩 옮길 때마다 쏟아져 나오던 컴퓨터의 잔소리를 듣지 않고 복도를 걸어 다닐 수 있게 된 것에 행복해했다.

그러나 한 가지만 나아지지 않았다.

퍼지는 원래 상태로 돌아오지 않았다.

맥스와 니나 중령은 산더미처럼 많은 코드를 자세히 살펴보며 모든 연결을 다시 점검했다. 수도 없이 같은 작업을 반복하며 퍼지의 전원 스위치를 올리고 무슨 일이 일어나는지 기다렸다.

니나 중령은 한숨을 쉬며 의자에 몸을 기댔다.

"자, 이 방법은 어떨지 한번 볼까? 이것 역시 널 포인터 오류일 것 같지만 말이야."

"이번에도 그럴까요?"

"아마도. 두 시간 전 메모리 유출 부분에 연결했을 때와 비슷할 것 같은데. 디버거(다른 컴퓨터 프로그램에서 오류를 검출하여 제거하는 프로그램:옮긴이) 좀 점검해봐."

맥스는 고개를 돌려 프로그래밍 네이터를 보여주는 스크린을 쳐다봤다.

"세상에! 뭔가 일어나고 있어요. 데이터 전송량이 엄청난데요."

니나 중령은 벌떡 일어나 퍼지 몸체의 전지판을 열었다. 안쪽의 작은 스크린에서 상태 표시줄이 서서히 길어지는 게 보였다.

"어쩌면 이게 먹힐 수도 있어!"

니나 중령은 전지판을 닫고 로봇의 머리에 연결되어 있는 케이블을 잡아당기면서 뒤로 물러섰다.

처음에는 아무 일도 일어나지 않았다. 그러다가 로봇이 테이블에서 갑자기 몸을 세웠다. 발로 지탱하면서 걸으려 했지만 이내 넘어졌다.

"퍼지가 나한테 오려는 것 같아요!" 맥스가 말했다.

"그래. 나야."

퍼지가 그렇게 말하고는 일어서려 하다가 다시 넘어졌다.

"바바라 교감에게 무슨 일이 있었어? 내가 바바라 교감을 제거하려 했거든!"

"바바라 교감이 먼저 널 해체해버렸어. 우린 네 조각들을 발견했고." 니나 중령이 말했다.

"나를 해체했다고요? 하지만—"

"그래. 바바라 교감은 널 사정없이 내리쳤어. 그 상황에서도 넌 날 먼저 구했어, 퍼지! 너한테 고맙다는 말을 하려고 2주나 기다렸다고! 난 빌어먹을 소년원 같은 학교에 가지 않아도 돼! 이번에 새로 오신 사람 교감선생님이 내 예전 시험 성적을 모두 바로잡아주셨거든. 전 과목에서 A를 받았다는 게 믿어져?"

“그럼, 믿고말고. 그런데 나는 새 교감선생님에 대한 정보는 처리할 수가 없어. 나는 바바라 교감에게 졌는데 어떻게 여기 있는 거지? 바바라 교감에게 무슨 일이 있었던 거야?”

“아, 의외로 간단했지. 라이더 대령이 바바라 교감을 데리고 가 버렸거든.” 니나 중령이 대답했다.

“라이더 대령요?”

“응. 대령님은 바바라 교감이 완벽한 로봇이라고 생각했거든. 그건 나도 그래!” 맥스가 말했다.

“나도 그렇게 생각해. 바바라 교감이 임무에 최적임자인 것 같아.” 니나 중령이 말했다.

퍼지는 분명히 농담으로 보이는 이 말을 해석하려고 니나 중령과 맥스를 번갈아 쳐다봤다. 전에는 인간의 농담을 이해할 수 있게 되었다고 생각했는데 지금은 헷갈렸다.

“이런 말 하고 싶지 않지만, 퍼지 넌 임무에서 제외됐어.” 니나 중령이 말했다. “그들은 너 대신 바바라 교감을 보냈어. 임무를 성공적으로 수행하는 데 반드시 필요한 퍼지 논리를 바바라 교감은 본능적으로 잘 다룰 수 있지만, 음… 넌 그렇지 않대. 넌 망설였어. 네 생명이 위태로운 상황에서 필요한 행동을 취해야 하는데 머뭇거렸지. 바바라 교감은 그러지 않았거든.”

“바바라 교감을 보냈다고요? 어디로요?”

“화성으로!” 맥스가 소리쳤다.

퍼지는 잠자코 있었다.

"알겠어, 퍼지? 바바라 교감을 로켓에 태워 화성으로 보내버렸다고! 아주 멀리 가버린 거야! 너 대신 임무를 수행하러."

퍼지는 한동안 그 자리에 잠자코 앉아 있었다.

"다시 멈춘 거야?" 맥스가 물었다.

"아니. 이제 뭘 해야 할지 모르겠어." 퍼지가 대답했다.

"지금 당장은 네 머리를 몸통에 연결하는 데 집중할 거야. 아직 생각보다 쓸 만하거든. 화성에선 아니겠지만, 이곳에선 충분히 괜찮아. 그리고 이제 로봇 통합 프로그램은 진정한 로봇 통합을 위해 일할 수 있게 됐어. 존스 박사와 라이더 대령이 화성 임무를 감독하러 떠나버려서, 이제 책임자는 나야. 존스 박사가 옳았어. 넌 굉장한 진보를 이뤄냈어. 단 몇 주 만에 일어난 일이니까. 네가 몇 년 동안 학교에서 지낸다면 어떻게 될지 정말 궁금하구나."

"니나 중령님 말씀은," 맥스가 말했다. "네가 여기 있어도 된다는 거야. 학교에, 나랑 같이!"

퍼지는 잠시 침묵하다가 이내 일어섰다.

"그렇다면, 수 선생님 수업에 지각할 수는 없지."

"오, 이런. 깜빡했네. 어서 가자, 퍼지!"

옮긴이의 말

어느 날, 맥스가 다니는 뱅가드 중학교에 퍼지라는 수상한 학생이 나타난다. 그는 사람이 아니라 바로 최첨단 인공지능 로봇. 정부에서 추진하는 로봇 통합 프로그램(RIP)의 핵심인 퍼지는 그 기술적 기반인 퍼지 논리를 발전, 완성시키기 위해 학교에 보내진 것이었다.

하지만 퍼지는 등교 첫날 시끌벅적한 복도를 걷다가 바닥에 넘어져 먹통이 되고 만다. 통합 프로그램을 마무리해야 할 시점이 다가오는데 퍼지에게 심각한 오류가 발생한 것이다. 연구팀은 문제를 해결하기 위해 맥스에게 도움을 요청한다. 하지만 맥스는 학교의 또 다른 인공지능인 바바라 교감이 요주의 인물로 점찍은 학생으로, 교감은 사사건건 맥스를 걸고넘어진다. 지속적인 업그레이드 점수가 형편없어서 맥스는 소년원과도 같은 EC 학교로 보내질 위기에 처한다. 그런데 알고 보니, 다른 학생들처럼 고분고분하지 않고 자기 개성대로 행동하는 맥스를 내쫓기 위해 바바라 교감이 맥스의 점수를 조작해온 것이다. 이를 퍼지가 알아차린다.

미완성 단계의 인공지능 로봇 퍼지는 어떻게 바바라 교감에게 맞설 수 있었을까? 퍼지는 맥스의 노움을 받아 아이들로 넘쳐나는 복도를 걸어가는 법, 동시다발적으로 수백 명의 아이들이 떠들어대는 구내식당에서 정신을 차리는 법, 중학생 친구들에게 쓰면 안 되는 말 등 학교에서 생존하는 방법을 하나하나 배워나간다. 더욱이 맥스의 따뜻하고 친절한 마음씀씀이 덕분에 퍼지는 스스로 생각하고 행동하는 자신의 퍼지 논리를 눈에 띄게 발전시켜나간다. 그러는 가운데 둘 사이에 우정이 싹트고, 퍼지는 곤경에 처한 맥스를 돕는 데 모든 처리 능력을 집중시킨다.

하지만 학교 전체가 바바라 교감의 손아귀에 있는 상황에서 맥스를 돕기란 쉽지 않은 일이었다. 퍼지는 맥스와 친구들과 함께 짜고서 속임수를 쓰기로 한다. 한편, 퍼지를 둘러싼 어마어마한 비밀이 차츰 드러난다. 퍼지는 그저 단순한 로봇 통합 프로그램의 연구 대상이 아니라, 화성에 보내 정부의 비밀 임무를 수행하도록 개발된 것이었다. 국방부와 순쭈 사, 그리고 정체불명의 해커 집단이 뒤얽혀 퍼지를 차지하려는 음모가 진행되면서 퍼지와 맥스는 또 다른 위기를 맞게 되는데….

이 소설은 인간과 인공지능 로봇 사이의 우정, 인공지능 로봇의 자유의지라는 다소 철학적인 주제를 다루고 있다. 우리는 이 이야기를 통해 인공지능 로봇의 등장이 과연 인간에게 득이 될 것인가,

해가 될 것인가? 인공지능 로봇은 인간의 친구인가, 적인가? 만약 친구라면 로봇과 진짜 우정을 나눌 수 있겠는가? 인공지능 로봇은 인간의 미래를 어떻게 바꿀 것인가? 혹시 바바라 교감에게 학교가 완전히 통제된 것처럼 인간 사회도 인공지능 로봇에게 통제되는 것은 아닌가? 하는 여러 물음을 던져보게 된다.

얼마 전 구글 알파고의 등장으로 온 세계가 떠들썩했는데, 이를 계기로 우리는 인공지능에 대해 지금까지와는 차원이 다른 고민과 걱정에 휩싸이게 되었다. 로봇이 인간을 훨씬 능가하여 인간의 자리를 빼앗는 것은 아닐지. 사실 인공지능은 SF 영화에서나 등장하는 먼 미래의 일이 아니라 4차 산업혁명이라 불리는 사물인터넷(IoT), 바이오 공학, 로봇 공학, 빅데이터 등의 형태로 우리 생활에 한층 더 가까이 다가와 있다.

그렇다면 우리는 과연 인공지능을 어떻게 받아들여야 할까? 맥스의 엄마처럼 인공지능에 밀려나 그저 무작정 비판만 할 것인지, 맥스처럼 로봇을 친구로 받아들이고 공존할 것인지, 니나 중령처럼 인간과 통합시키기 위해 실험하고 연구할 것인지, 존스 박사와 라이더 대령처럼 목적을 이루기 위한 수단으로 볼 것인지, 아니면 마지막으로 발렌티나처럼 경제적인 가치로만 환산할 것인지. 한

번쯤 진지하게 생각해봐야 할 주제다.

한 가지 중요한 사실은 로봇이 인류를 지배할지, 인간이 로봇을 지배할지와 같은 이분법적 사고에서 벗어나 풍요로운 미래를 위해 우리 인간은 과연 로봇을 어떻게 발전시키고 활용할 것인가에 대한 진지한 고민이 필요하다는 것이다. 그런 의미에서 이 책은 해피엔딩이지만 열린 결말을 가지고 있어 청소년들에게 여러 생각할 거리를 던져준다. 더욱이 개성 넘치는 등장인물들, 손에 땀을 쥐게 하는 흥미진진한 사건 전개와 마지막 반전은 이 소설의 또 다른 묘미이다. 퍼지가 맥스의 둘도 없는 친구가 되어주었듯이 독자 여러분도 책을 읽는 동안 퍼지의 친구가 되어보기를 바란다.

2017년 1월,

김영란

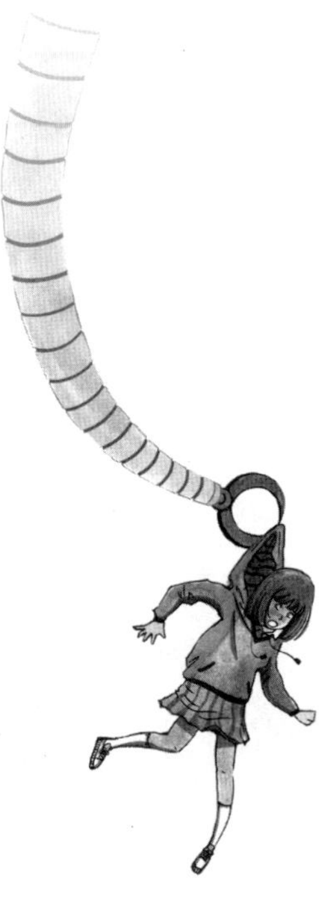

FUZZY